KLAUS ZEH
STRANDHILL

Eine Halbinsel mitten im Atlantik.
Ein Haus am Hügel. Die perfekte Idylle.
Wäre da nicht die Kriegsfotografin Sally, auf die er drei
Tage vergeblich wartet ...

Klaus Zeh, Jahrgang 1965, ist Schriftsteller, Musiker und
Liedermacher. Er lebt in Reutlingen.
Der Autor hat sich schon seit Beginn seiner schrift-
stellerischen Tätigkeit gegen die Veröffentlichung im
herkömmlichen Verlagswesen entschieden. Ihm ist es
ein großes Anliegen, seine künstlerische Unabhän-
gigkeit sowie die Rechte an seinen Werken zu behalten.

Alle Werke von Klaus Zeh sind auf der letzten Buchseite
verzeichnet.

Klaus Zeh

Strandhill

Insel Novelle

Bibliographische Information der Deutschen Nationalbibliothek:
Die Deutsche Nationalbibliothek verzeichnet diese Publikation in der Deutschen National-
bibliographie; detaillierte bibliographische Daten sind im Internet über
http://dnb.d-nb.de abrufbar.
© 2020 Klaus Zeh
Herstellung und Verlag: BoD – Books on Demand, Norderstedt
Layout und Umschlaggestaltung: Adeline
Alle Rechte vorbehalten
ISBN: 9783752671292

In Erinnerung an
Marie Colvin

Und meinen Töchtern gewidmet,
in Liebe

Wir tun es, weil es unsere Bestimmung ist,
nach der Wahrheit in uns selbst zu suchen,
und in der Welt.
Adeline

Man braucht Mut.
Man muss gewillt sein, seine Beziehungen
und seinen Status zu riskieren.
Man muss alles aufs Spiel setzen.
Jennifer Morgan

Zum Glück schien die Sonne, als ich auf die Halbinsel hinausfuhr.

Die grüne Landzunge erstreckte sich auf mehrere Kilometer, ragte kühn und wild dem Meer entgegen.
Zur Linken, leuchtendgrüne Wiesen, die zum Meeresarm hinabführten, bis hin an seine flachen Ufer – an seine Wiesenufer.
Das Wasser: lagunenblau und silbrig glitzernd.
Unzählbare Wellen, bis hinaus aufs offene Meer.

Durch die geöffnete Scheibe strömte salzig frische Meerluft herein.
Ich liebte es.
Überall Wiesen, wie sie grüner nicht sein konnten.
Smaragdteppiche, wie Sally sie nannte.

Ich war den halben Tag über die Insel gefahren, meist auf den breiten *National Roads*.
Es sollte ja schnell vorangehen.
In der hiesigen Grafschaft jedoch kurvte ich durch ländliche Gegenden, kleine Städte und Dörfer. Ich wollte mir die Region ein wenig ansehen und war erschrocken über den ruinösen Zustand dieses Landstriches.

Unten im Süden bekam man ein ganz anderes Bild von der Insel.
Der Tourismus gedieh dort. Und tat dies von Jahr zu Jahr mehr.
Die Regierung pumpte haufenweise Geld in die dortige Wirtschaft und Infrastruktur.

Menschen waren geblieben und nicht in die Groß-
städte oder außer Landes geflüchtet.
Einige hatten die Insel dennoch verlassen, waren
nach England gegangen oder aufs europäische
Festland nach Frankreich, Holland oder Deutschland.

Hier standen ganze Straßenzüge leer, Häuser ver-
fielen, zuerst im Innern, verkamen, wurden vergessen, weil sich offenbar keine Käufer fanden.
Oder die Regierung die Objekte nicht zum Verkauf
freigab.

Die Regierung beauftragte Immobilienfirmen mit
dem Aufkauf von Häusern und ganzen Straßenzü-
gen, damit keine ausländischen Käufer die Häuser
erwerben konnten, ließ sie dann aber jahrelang
leer stehen, bis sie verrotteten und zerfielen.
Niemand wusste, was die Regierung mit all diesen
Objekten vorhatte.
Ich zweifelte am Sinn, vor allem aber an der
Zweckmäßigkeit des Vorhabens.

Zur Rechten nun, Strandhäuser, Tea-Shops, Bed &
Breakfasts.
Manche Schilder, die auf B&Bs hinwiesen, nur
handgeschrieben.
Das offene Meer im Sonnenlicht: kobaltfarben.
Die Sonne stand schon weit im Westen.
Am nördlichen Himmel zerfaserten ein paar Schlei-
erwolken, zu klein und zu weit entfernt, um irgend-
einen Schaden hier unten anrichten zu können.
Noch weiter nördlich, harmlose Zirruswolken.

Der Himmel: irgendetwas zwischen Indigo und wässrigem Lapislazuli.

Aber hier draußen konnte es auch schnell umschlagen, das wusste man.
Wie überall auf der Insel, natürlich erst recht an der Westküste.
Ich suchte im Radio den Sender mit der traditionellen Musik.
Folklore: Auch das liebte ich.
Es passte zur Westküste.

Ich konnte hier keinen Jazz hören.
Oder klassische Musik.
Und auch bei Reggae sträubte sich mir das Fell.
Allenfalls noch ein paar Singer-Songwriter, die von der Insel kamen.

Ich fuhr auf einen kleinen Flecken brauner Erde, um auf die Karte zu schauen und einen Blick auf meine Notizen zu werfen.
Ein Navigationssystem besaß ich nicht. Ebenso wenig einen Internet-Anschluss.
Wenn ich recherchieren musste, ging ich ins Internet-Café.
Ein bisschen umständlich, manchmal auch enervierend, aber was tat man nicht alles für seine Überzeugungen.
Den meisten seien Überzeugungen doch lästig, meinte Sally.
Auch ich gehöre (bis auf die Internet-Marotte) zu diesen Menschen, hatte sie mir vorgeworfen.
Sie konnte ungerecht sein.

Das lag wohl auch ein wenig an ihrem Tunnelblick. Die meisten Menschen entschieden sich für das Bequeme, behauptete sie, schwämmen mit dem Strom. Ließen sich einreden, sie würden abgehängt, wenn sie nicht mit dem Zeitgeist lebten.

Ich selbst, soviel wusste ich von mir, würde dazu neigen, mein Leben im Internet zu vergammeln.

Ich war auf dem richtigen Weg.
Musste mich auf der Küstenstraße einfach immer geradeaus halten, bis zur Spitze hinaus.
In Ufernähe hob sich die Straße an.
Der Blick aufs Meer wurde von weitläufigen, mit hohen Gräsern bewachsenen Dünen verdeckt.

Rechts halten, vorbei an einem halbleeren Parkplatz.
Vor einem mobilen Kaffee- und Teeshop tummelten sich eine Handvoll Menschen.
Auf den Hügeln spazierten Touristen herum, gekleidet mit bunten Windjacken.
Stemmten sich gegen den Wind, der vom Meer hereinblies.
Starke Windböen erfassten meinen Wagen.
Ich musste gegensteuern.

Man musste das Fenster schließen, so stark blies der Wind hier draußen.
Papiertüten flogen durch die Luft, Pappbecher, zerfledderte Zeitungen und Werbebroschüren.

Warum konnten die Menschen nicht sorgsamer mit ihrem Müll umgehen?

Dass sie es noch immer nicht taten, zeigte auch die Ignoranz der Insel-Regierung gegenüber diesem Thema.

Oder hatte da jemand die Befürchtung, mit drastischen Gesetzen bei der nächsten Wahl Wählerstimmen zu verlieren?

Vielleicht hatten sie allesamt auch einfach noch immer kein geschärftes Bewusstsein für die „Vermüllung" ihrer Insel.

„Fehlendes Umweltbewusstsein" könnte man es auch nennen.

Ich folgte der Küstenstraße, hinauf zur Steilküste.

Gut, den Namen „Steilküste" hatte sie im Grunde nicht wirklich verdient.

Ein wenig nur erhob sie sich hier über der Bucht.

Das Haus lag an ihrem höchsten Punkt.

Hingeschmiegt an einen zur Küste parallel verlaufenden Hügel.

Eindrucksvoll, dachte ich stolz.

Ich hatte wirklich Glück gehabt, dieses Cottage für drei Wochen mieten zu können.

Es hatte eine spontane Absage gegeben, teilte mir die Vermieterin am Telefon mit. Sie hatte es auf ihrer Web-Seite noch nicht einmal geändert.

Gutes Timing!

Ich hatte Wochen zuvor sämtliche Nummern abtelefoniert, auf der Suche nach einem geeigneten Objekt.

Das gute alte Telefon, hatte sie gemeint.

Bei ihren Worten hatte ich gelächelt.

Die Straße wurde holprig, von Schlaglöchern übersät.
Wurde zu einer heruntergekommenen „Lane".
Ich fuhr die letzten Hundert Meter im Schritttempo, parkte neben dem Haus, sodass die Sicht aus den Fenstern des Hauses hinab auf die Bucht und hinaus aufs offene Meer unverstellt blieb.

Der Schlüssel befände sich unter einem bestimmten Stein in der Auffahrt, ließ mich die Vermieterin wissen.
Welches Vertrauen in die Menschheit, dachte ich mir.

Als ich aus dem Auto gestiegen war – was wegen des starken Windes nur mit Kraftanstrengung möglich war – riss mir eine Böe die Fahrertüre aus der Hand und schlug sie kraftvoll zu. Es pfiff und heulte um mich herum.
Nichts wie rein ins Haus, dachte ich, öffnete schleunigst den Kofferraum, schwang mir den Rucksack auf den Rücken und griff nach den Einkaufstüten, die im Wind laute Flattergeräusche machten.

Das Haus war ein traditionelles Cottage:
Weißgetüncht, reetgedecktes Dach, blaue Tür und blaue Fensterrahmen- und -läden.
Schön anzusehen.
Strandhill House stand in geschwungenen Lettern auf einem selbstgetöpferten Schild, das neben der Eingangstüre an einer alten Schnur baumelte.

Der Schlüssel war schnell gefunden.

Das Haus – ein Traum:
Viel Holz, Quergebälk mit Intarsien.
Eine Bibliothek, vom Boden bis unter die Decke,
sogar Bücher in deutscher Sprache. Aquarelle an
den Wänden, Meer-Impressionen, könnte man sagen.
Holzböden überall. In der Küche eine riesige dunkle Spüle mit altmodischen, verzierten Wasserhähnen. Zwei Schlafzimmer.
Wobei wir natürlich, wie ich hoffte, nur eines gemeinsam benutzen würden.

Unglücklicherweise schnarchte ich, sodass Sally
mich des Öfteren des Schafzimmers verwies. Deshalb hatte ich bei der Suche nach einem Cottage
großen Wert auf das zusätzliche Schlafzimmer gelegt.

An der Stirnseite des Hauses, schräg zur Bucht gelegen, befand sich ein angebauter Wintergarten,
hell und lichtdurchflutet.
Darin ein Tisch, ein Korbsofa und zwei Korbsessel,
nett arrangiert.
Ein guter Platz zum Schreiben, dachte ich, und
stellte die Möbel so, dass ich am Tisch sitzen und
beim Schreiben aufs Meer blicken konnte.

Die Bucht war immens, weitläufig, von hohen Dünen eingerahmt.

Von einem Ende zum anderen und wieder zurück
konnte man sicher eine halbe Stunde gemütlich
spazieren gehen.
Der Sand: im Sonnenlicht von hellem Ocker.

Tee!, dachte ich und suchte nach dem Wasser-
kocher.
Ein Glück, dass dies hier eine Tee-Nation war.
Im Küchenschrank stapelten sich verschiedene
Sorten des schwarzen Krauts.
So konnte ich die Packung, die ich gekauft hatte,
noch verschlossen lassen.
Ich setzte mich mit der dampfenden Tasse in den
Wintergarten und schaute auf die Bucht und das
Meer hinaus.

Ums Haus heulte und pfiff der Wind in verschiede-
nen Tonlagen und Stärken.
Irgendwo schlug ein Fensterladen.
Später, sagte ich mir. Jetzt wollte ich nur da sitzen
und schauen, den Tee genießen, und an die vor mir
liegende Zeit mit Sally denken.

Auf dem Wohnzimmertisch lag keine Notiz von ihr,
also war sie noch nicht da.
Wir hatten abgemacht, wer zuerst da wäre, sollte
schon mal Feuer machen.
Glücklicherweise stapelten sich neben dem offenen
Kamin Torfsoden, Kleinholz und größere Holz-
scheite.
Bald hatte ich das Feuer soweit, dass sich die Wär-
me, vor allem aber der beißende Geruch des ver-
brannten Torfes, im ganzen Haus verbreitete.

Ich liebte diesen Geruch. Für mich war es der charakteristische Geruch der Insel.
Manchmal hockte ich mich direkt vor ein Torffeuer, rückte ganz nah heran, bis sogar meine Haut nach dem hellgrauen Rauch des Feuers roch.
Und vor allem, meine Haare.

Olfaktorisch besser geschulte Menschen konnten noch einen weiteren, allerdings viel feineren Geruch wahrnehmen, jedoch nicht das ganze Jahr über, nur zu seinen Blütezeiten – den Geruch blühenden Ginsters.

Aus dem ebenfalls weißgetünchten Kamin auf dem Dach stoben graue Rauchwolken.
Der Wind verschlug sie in alle Richtungen, trieb sie vor die Fenster, bevor sie mit den Böen übers Land davon jagten.
Ich nahm die Teetasse und ging nach draußen, machte ein paar Schritte ums Haus, blickte auf die Bucht und das Meer.

Sonnenlicht fiel schräg von Westen aufs Meer.
Ein ewig langer Strahl, der bis ans Ufer ragte, über die Dünen strich und das Haus in amberfarbenes Licht tauchte.
Hinter dem Haus zog er sich weiter über das Land, streckte sich über Sallys Smaragdwiesen, über braune und grüne Hügel, bis ins Hinterland, über karge, dunkelbraune Torfebenen.

Vielleicht reichte er sogar bis hin zur Hauptstadt der Grafschaft.

Wo er von Kirchen, Strommasten und weiteren Hügeln, welche die Stadt umgaben, aufgehalten wurde.

Oder auch nur von der Dämmerung, die hier, direkt an der Küste, im Licht der untergehenden Sonne, langsamer über das Land hereinbrach als in den engen Gassen und Straßen der dicht gebauten Städte.

Hoffentlich kommt Sally an, bevor es dämmerte, dachte ich.

Sie fuhr ungern bei Dunkelheit, noch dazu mit einem fremden Wagen.

Sie hatte geschrieben, dass sie den 11.00 Uhr Flug nehmen wolle.

Bis die Sache mit dem Mietwagen erledigt und ein Mittagessen irgendwo unterwegs eingenommen war (obwohl sie sehr wahrscheinlich nur Fish'n' Chip essen oder auch schon mit einer Tasse Kaffee und einem einzigen Sandwich zufrieden war) müsste sie eigentlich gegen sechs Uhr abends eintreffen.

Vielleicht auch erst gegen 19.00 Uhr.

Jetzt war es halb sieben.

Der Rauch des Torffeuers fuhr mir in die Lungen. Ich hustete, schloss die Augen und trank in großen Schlucken meinen Tee, entfernte mich einige Schritte vom Haus und reckte meine Nase in den kühlen Wind.

Meistens konnte man auf der Insel, vor allem aber an der Küste, sogar mitten im Sommer eine Jacke gebrauchen.

Ich fror ein wenig und überlegte, ob ich schreiben sollte.

Der neue Roman entwickelte sich gut. Ich befand mich im letzten Drittel.

Drei Kapitel sollten es noch werden.

Ich hatte mir vorgenommen, hier im Cottage, an der Westküste der Insel, mit Blick aufs Meer, mitten in den Gesang des Windes hinein, während der nächsten drei Wochen diese letzten drei Kapitel zu schreiben.

Dies sollte mir eigentlich gelingen ...

Ich ging ins Haus zurück, machte mir neuen Tee und verzierte ihn sowohl farblich als auch geschmacklich mit einem Schuss Milch.

„Cream Tea" nannte man das auf der Insel.

Auf braunen Zucker verzichtete ich mittlerweile gänzlich.

In der Küche entdeckte ich ein kleines Radiogerät.

CD Spieler gab es leider keinen.

Dem vollgestopften Bücherregal im Wohnzimmer galt anschließend mein Interesse.

Ich schmunzelte, als ich Bölls *Irisches Tagebuch* unter all den heimischen Klassikern und der seichten Unterhaltungsliteratur entdeckte.

Es gab Historische Romane, Frauen-Romane, Liebesschnulzen, Krimis, ein paar Thriller, das ganze Zeug eben, das man beiläufig im Urlaub liest,

wenn es regnet, ohne sich großartig in die Enge ge-
trieben zu fühlen von einem Stoff oder Worten, die
zum Nachdenken, Aufhorchen und Mitfühlen ver-
leiteten oder zwangen – oder gar betroffen
machten!

Wer wollte das schon, wenn er für zwei oder drei
Wochen, in einem Cottage an der Küste einer Insel,
Welt- und Alltagsflucht betrieb.
Gerade von der Welt hatte man ja mehr als genug
in der heutigen Zeit.
Vom eigenen Alltag erst recht.

Die fünfzehn Minuten „Welt", die uns die Nachrichten vorgefertigt präsentieren, sind schon genug für
fast jeden, hatte Sally einmal sarkastisch behaup-
tet.
Mehr davon bekomme den Meisten nicht.

Aber zum Glück erwarte Leute wie mich im An-
schluss gut verdauliche Krimikost oder die farben-
frohe Verfilmung eines Heile-Welt-Romans.
Ich fragte herausfordernd, was sie mit „Leute wie
mich" gemeint habe.
Sie meinte nur, das könne ich mir selbst beantwor-
ten.

Später hatte ich sie gefragt, ob sie mich *so* überhaupt liebe.
Sie hatte gelächelt und gemeint, während sie mir
sanft den Nacken küsste, wie sehr, werde sie mir
gleich zeigen.

Die Sache mit den „15 Minuten Welt" und der seichten Fernsehkost war hier auf der Insel nicht anders, offenbar wie überall, wo es Fernsehen gab. Auf *dieser* Insel kam aber noch die Bingo-Hysterie hinzu.

Ich habe mir sagen lassen, dass während des Bürgerkrieges, der in beiden Teilen der Insel nur „Troubles" genannt worden war, an den Bingo-Abenden niemals jemand getötet wurde.

Ich las ein wenig Beckett quer, stöberte bei Frank O'Connor, überflog O'Casey, und widmete mich näher einem Gedichtband von Seamus Heaney.
Mit der untergehenden Sonne begann mein Magen zu knurren.
Ich fragte mich einen Augenblick, ob hier etwa eine Kausalität bestand, ging schmunzelnd in die Küche hinüber und bemerkte, dass ich meine Einkäufe noch nicht einmal verstaut hatte.

Die Plastiktüten lagen noch immer auf der Anrichte.
Hoffentlich war die Butter nicht geschmolzen, dachte ich, der Schinken noch nicht verdorben, der Käse noch nicht schwitzig.
Ich hasste schwitzenden Käse.

Im Radio wurden Gedichte auf gälisch vorgetragen.
Eine seltsam klingende Sprache ...
Im Toaster häuften sich verbrannte Krümel.
Ein bisschen eklig.

Solange nichts anderes zum Vorschein kam, sagte ich mir.

Ich kippte den Toaster über dem Waschbecken aus und spülte anschließend die Krümel hinunter.

Mit zwei Käse-Schinken-Sandwiches und einer weiteren Tasse Tee platzierte ich mich im Wintergarten in einem der Korbsessel und blickte wieder aufs Meer.

Der Himmel mittlerweile: Mit allerlei Grautönen vollgepinselt.

Breite Striche, kreuz und quer über dem Horizont.

Als wäre der Himmel eine Leinwand, auf der sich jemand mit breitem Pinsel ausgetobt hätte.

Jemand, der imstande war, in solchen Größenordnungen zu malen.

Noch immer tobten Winde, warfen das Meer auf – schäumende Gischt.

Enorme Wellen wurden an Land gespült, flossen mit aufgewühltem Sand ins Meer zurück und kehrten mit jeder neuen Welle wieder.

Brachten Treibgut, Muscheln und tote Krustentiere mit.

Manchmal wurden an den Stränden auch tote Fische oder sogar Möwen angespült.

Möwen jedoch selten.

Auf den Dünenkämmen stolperten keine Touristen mehr herum.

Hatten sich verzogen.

Einheimische spazierten ohnehin selten über Dünen oder an Stränden entlang, noch weniger kamen, um zu Schwimmen.
Dies hier war kein Badevolk. Ich kannte mittlerweile einige Leute, die nicht schwimmen konnten.
Es auch nie hatten lernen wollen.

Bald würde es dämmern.
Ich wollte die letzte helle Stunde festhalten – das vergehende Tageslicht.
Nicht wirklich schön, wenn es vom Horizont heraufdunkelt.
Wenn der zuerst sehr schmale, graue Streifen Himmel immer breiter wird, das Blau graut und später ganz verschwindet.
Erste Sterne sichtbar werden.
Diese Verzückung allerorts beim Erblicken von Sternen war mir immer schon unverständlich.
Der Tag ging zur Neige.
Er starb allmählich.
Wurde ausgelöscht.
Verendete in karneolroten und orangefarbenen Wolkensprenkeln- und -bändern, die sich sanft dahinschleierten.
Und ich konnte es nicht verhindern ...

Ja, der Tag ging unglücklicherweise zur Neige.
Ging in einen Himmel über, der sich verschloss, der sich herabsenkte und mich erdrücken wollte.
Der meine Welt um vieles verkleinerte.
Der mich später mit seinem schwarzen Dach einsperren würde, das wusste ich – mich gefangen nahm.

Der sich schwer auf meine Brust und meine Gedanken legen würde.
Bleischwer.
Ich kannte das. Es begann schon zaghaft ...

Ich machte im ganzen Cottage die Lichter an, fand Kerzen und zündete, zusätzlich zum elektrischen Licht, noch welche von ihnen an.
Im Radio sprach jetzt jemand auf Englisch von alter Dichtkunst und Dichtern, die nur für ihre Dichtkunst gelebt hatten oder noch lebten.
Nun, das hatte es in Deutschland auch gegeben.
Heute jedoch nicht mehr.

Ich dachte an Deutschland, dem ich schon vor Jahren den Rücken gekehrt hatte.
Hierher geflüchtet war, in den Süden der Insel.
Bis heute habe ich diese Entscheidung nicht bereut.

Und doch las ich immer wieder gerne deutschsprachige Bücher.
Auch die Dichter.
Warum auch nicht.
Immerhin schrieb ich noch auf Deutsch.
Mein Englisch reichte nur zur Konversation.

Wo blieb Sally nur?
Sie müsste längst da sein.
War sie aufgehalten worden?
Oder hielt sich selbst irgendwo auf?

Bei ihr musste man immer mit so etwas rechnen.

Man musste tatsächlich hin und wieder davon ausgehen, dass sie sich selbst aufhielt.
Sie entschied dann, ihren Plan, auch ihren Zeitplan,
zu ändern, begann irgendwo zu fotografieren oder
traf jemanden, mit dem sie Zeit verbrachte, obwohl
sie verabredet war.
Ich selbst hatte es oft genug am eigenen Leib erfahren.
Mitunter anstrengend.

Und enervierend, wenn sie darauf bestand, dass es
nun mal zu ihrem Leben gehörte – und zu ihr.
Ich müsse lernen, hatte sie mir geraten, damit klar-
zukommen, wenn ich mit ihr zusammen sein woll-
te.
Ich hatte es versucht.
Versuche es noch immer.
Sogar immer wieder aufs Neue.
Das ist doch eines der Geheimnisse der Liebe –
oder etwa nicht.

Man sollte nicht nur eine Seite eines Menschen lieben und bewundern und sich von der anderen ab-
wenden oder sie gar ablehnen.
Schon gar nicht, wenn beide auf unerklärliche Weise voneinander abhingen.
Nicht nur, weil sie demselben Menschen angehör-
ten, sondern weil sich aus ihrer Wechselwirkung
etwas ergab, das sich ohne die Wirkung des anderen niemals ergeben würde.

Doch diese Erkenntnis setzt tiefes Interesse für einen Menschen und aufrichtige Zuwendung voraus,

ein offenes Wesen und die Bereitschaft, ihn wirklich kennen zu lernen.
Eine Art Seelengeheimnis vielleicht ...

Ich überlegte, ob ich sie anrufen sollte, auch wenn sie es überhaupt nicht mochte, wenn man ihr hinterher telefonierte.
Am Schlimmsten aber war, das sie sich nicht entschuldigte, wenn ihr etwas dazwischen gekommen war und sie sich verspäten sollte.
Sie vergaß es einfach.
Oder es war ihr nicht so wichtig.

Ich konnte stundenlang mit ihr darüber diskutieren, sogar streiten.
Sie versicherte zwar dann, dass es nicht mehr vorkommen würde, aber es passierte dennoch wieder.
Immer wieder.
Vielleicht auch heute?

Wer weiß, wo sie steckte.
Möglicherweise sogar noch in Newcastle, aber das wäre schlimm.
War sie überhaupt schon abgeflogen?
Befand sie sich schon auf der Insel?
Hockte sie etwa in irgendeinem Pub und betrank sich?
Auch das war schon vorgekommen.

Vielleicht hatte sie unterwegs angehalten und eine Landschaft fotografiert. Eine Torfebene. Einen See, von Hügeln umrahmt. Ein spielendes, verwahrlostes Kind. Einen ärmlichen Hof, geduckt vor allen Wettern, am Rand eines Hügels.

Oder ein kaputtes Fahrrad, angelehnt an eine Steinmauer, bestehend aus nichts als aufgehäuften Steinen. Eine einsame schwarzweiß gefleckte Kuh auf einer hellgrünen Wiese. Oder ein altes verrostetes Auto, mitten in einem Bach stehend.

Solche und ähnliche Fotos existierten von ihr.

Sie fand immer wieder neue Blickwinkel auf die Dinge.

Sie fotografierte einfach alles – immer und immer wieder.

Nein, sie hatte versprochen, mich hier zu treffen.

Sie würde es ernst nehmen.

Wir hatten alles gemeinsam besprochen.

Hatten uns vier Wochen nicht gesehen.

Die nächsten drei Wochen hier draußen sollten ganz alleine uns gehören.

Sie hatte es mir versprochen!

Sie sagte, sie freue sich – auf mich und die Küste.

Also, wo steckte sie nur?

Natürlich, sie war gerade von einem Auslands-Einsatz zurückgekommen.

Ich wusste, sie tat sich mit der Rückkehr immer schwer, kam sich zuhause meist nutzlos vor, hielt diese Zeit größtenteils für verschwendet, weil sie nicht arbeitete.

Aber sie ließ es mich nicht merken. Zumindest nahm sie es sich immer wieder vor.

Dafür liebte ich sie auch.

Wohin hatte es sie diesmal verschlagen: Jemen, Afghanistan, wieder Nordafrika?
Sie antwortete nie wirklich auf Fragen nach ihrem nächsten Trip, oder ihrem letzten. Alles war immer ein wenig geheimnisvoll.
Bis man ihre Fotos in den Zeitungen oder im Internet entdeckte.
Ich hatte noch nicht herausbekommen, ob sie nicht darüber sprechen durfte oder nicht sprechen *wollte.*

Sie liebte ihre Arbeit.
Ich glaube, sie konnte nicht leben, ohne Fotos von Kriegsschauplätzen oder elenden Orten zu schießen.
Oder von Menschen in Armut.
Von bettelnden, weinenden Kindern.
Von Kindern, die in Ruinen und zerbombten Häusern spielten.
Von weinenden, zerbrochenen Frauen, die ihre toten Ehemänner, Brüder oder Söhne beweinten.
Von gewaltsam Getöteten, auf deren Schicksal sie mit ihren Fotos aufmerksam machen wollte.

In Syrien war ihr ein Trommelfell geplatzt.
Im Südsudan brach sie sich drei Rippen.
In Libyen hockte sie drei Tage in einem Bunker fest, trank abgestandenes Wasser, hatte nichts zu essen, und musste in die Ecken urinieren und koten.
In Mali hatte sie sogar eine Kugel erwischt: Schulterschuss.

Ich bewunderte sie. Aber das wollte sie nicht hören.

Man konnte sie nur so nehmen wie sie war.

Nichts an ihr ließ sich verändern.

Sie ließ sich nicht umkrempeln.

Ließ sich nichts aufdrängen. Ließ sich auch nichts sagen.

Blieb ein radikaler Sturkopf, in allem – immer!

Sie hasste es, wenn man Erwartungen an sie stellte.

Oder etwas forderte.

Nur sie selbst durfte das.

Und sie tat es auch auf eine geradezu beängstigende, radikale Weise.

Ein Zusammenleben mit ihr, das ich mir dennoch oft gewünscht hatte, wurde von ihr rigoros abgelehnt.

Sie könne ja nicht einmal sich selbst ertragen, hatte sie als Begründung vorgebracht.

Sie besaß ein verzehrendes Feuer, das mich mit entflammte.

Sowohl psychisch als auch physisch.

Ich sei ihr Ruhepol, sagte sie.

Aber zuviel Ruhe ließe sich auf Dauer nicht aushalten, was sie nicht in doppeltem oder übertragenem Sinne meinte, sondern wörtlich.

Daraufhin hatte sie mich lächelnd geküsst.

Wo steckte sie nur?

Nachdem ich eine weitere Stunde darüber gegrübelt hatte, nahm ich endlich mein Telefon und rief sie an.

Nur die Sprachbox.

Nein, ich würde keine Nachricht hinterlassen.

Sie sollte ja wohl von selbst wissen, dass ich auf sie wartete.

Ihre Stimme auf der Sprachbox beschleunigte meinen Atem.

Ich spürte meinen Puls höher schlagen und sah uns die Cottage-Betten zerwühlen.

Ihre sanftwilde Sinnlichkeit ließ mich neu über Liebe und Leidenschaft nachdenken.

Ich ließ alle Lichter brennen, löschte jedoch die Kerzen und fuhr, bevor es stockdunkel wurde, auf ein Bier ins nächste Dorf.

Vielleicht gab es im Pub einen Billardtisch ...

Der breite Kanal lag schon im Zwielicht.

Über den finster werdenden Hügeln, auf der anderen Seite des Kanals, stand ein blass milchiger, traurig wirkender Mond.

Bei seinem Anblick fröstelte es mich ein wenig.

Die Wiesen, die am Nachmittag hell geleuchtet hatten, lagen nun matt und fast farblos da.

Ein unangenehmes Gefühl beschlich mich.

Ich stellte das Radio an.

Die Musik, die in diesem Moment aus den Lautsprechern schallte, schien eine Mischung aus Folk und Punk zu sein, wenn ich sie richtig deutete.

Ich kannte die Band nicht.
Auch nicht den Song.

Ein Album wurde besprochen und als Klassiker
vorgestellt, dass sich *If I Should Fall From Grace
With God* nannte.
Interessanter Titel, dachte ich.
Es klang ziemlich lässig und rau, trockene Drums
und ein treibendes Akkordeon.
Dann wurde der Titelsong gespielt.
Meine Laune hob sich schlagartig.
Der Sänger rotzte seinen Text mit einer versoffe-
nen und völlig verrauchten Stimme ins Mikro.
Großartig, dachte ich, stellte das Radio noch lauter,
bis die Lautsprecher dröhnten und schepperten.
Ich wollte mir die Ohren durchpusten lassen.
Und am besten meine Seele gleich mit.
Es gelang.
Die Musik holte mich aus Gedanken, die nicht gera-
de erfreulich waren.

Als ich vor dem Pub aus dem Wagen stieg, hatte ich
fast schon wieder so etwas wie gute Laune.
Das mit Sally würde sich sicherlich schon bald auf-
klären, sagte ich mir.
Bestimmt würde sie im Cottage sein, wenn ich zu-
rückkam.
Ich ärgerte mich einen Moment, dass ich keine
Nachricht hinterlassen hatte.
Aber nur einen Moment, denn sie konnte mich ja
jederzeit anrufen, wenn sie wollte.
Ich war, im Gegensatz zu ihr, eigentlich immer er-
reichbar.

Im Pub hockten schon einige Typen beisammen.
Muffiger Bierdunst, Männerschweiß und abgestandene Kaminfeuerwärme.
Lautes Palaver über Fußball, Hurling, Rugby, Kühe, Schafe, Hunde, Autos - männlicher Kneipenklatsch eben.
Nichts Bewegendes.
Wie immer und überall in solch ländlichen Kneipen.
Ich wünschte, jemand würde einmal ein echtes Thema anschneiden, eines mit Tiefgang. Etwas Kluges daherreden, etwas Überraschendes, Unvorhersehbares.
Aber darin wurde ich noch immer enttäuscht.
Auch an diesem Abend wieder.

Ein paar Kerle starrten herüber, als ich an die Theke trat und ein Guinness bestellte.
Weshalb die Neugier, fragte ich mich, so ganz außerhalb der Touristen-Saison war mein Erscheinen doch gar nicht.
Der Barkeeper fragte, wie es mir gehe.
Keine Ahnung eigentlich.
Außerdem war es ohnehin nur eine Höflichkeitsfloskel.

Über der Bar hing, wie in jedem Pub auf der Insel, ein angeschaltetes Fernsehgerät, allerdings mit abgestelltem Ton.
Der Außenminister berichtete, stark gestikulierend, offenbar über ein wichtiges Thema.

Sein Mund bewegte sich konträr zum Gesang des Pop-Songs, der für meinen Geschmack zu laut aus den Lautsprechern dröhnte.

Der Barkeeper verfolgte meinen Blick, als er mir das Bier hinstellte und meinte, der Kerl sei ein Idiot, und deutete auf den Minister im stummen Fernsehgerät.
Politiker eben, grinste ein Mann an der Theke, augenscheinlich Farmer, der unser Gespräch mitbekommen hatte.

Schon war ich im Geschehen.
Zwar noch nicht ganz integriert, aber wenigstens etwas.
Ich fragte, ob es einen Billardtisch gäbe.
Beide, Barkeeper und Thekengast, grinsten belustigt.

Alles, was sie zu bieten hätten, wäre Schach, lachte der Barkeeper.
Er deutete mit einer Kopfbewegung zu einem niederen Tisch im Erker, gleich neben dem offenen Kamin, in dem unverkennbar ein Torffeuer brannte.

Zwei Männer saßen an dem Tisch, konzentriert über eine Schachpartie gebeugt.
Beide Schachspieler rauchten und hatten jeweils ein Bierglas neben sich stehen.
Spielen jeden Abend, sagte der Mann an der Bar, wollen wohl Weltmeister werden.
Königliches Spiel, entgegnete ich salopp.

Meinetwegen, sagte er schulterzuckend und nahm einen Schluck Bier.

Das übliche Taxieren und Ausfragen von Seiten des Mannes begann:
Wo ich herkäme?
Warum ich hier sei?
Wo ich wohne?
Wie lange ich bleiben wolle?
Ob ich allein sei?
Ob ich Torf bräuchte?
Ob ich wisse, wo der Einkaufsladen wäre?

Alles nützliche Dinge, aber enorm langweilig.
Ich beantwortete brav seine Fragen und lud ihn zu einem Bier ein.
Man konnte ja nie wissen.
Plötzlich stand einer der Schachspieler auf und verließ, in die Runde grüßend, mit verärgerter Miene das Pub.

Das sei meine Chance, meinte mein Gesprächspartner, auf den Mann im Erker zeigend.
Ein königliches Spiel, sagten Sie das nicht gerade …
Ich grinste, erhob mich entschuldigend, ging zu dem Schachspieler hinüber, stellte mich vor und fragte, ob er eine Partie gegen mich spielen würde.
Er deutete schweigend auf den freigewordenen Platz ihm gegenüber.

Ich bedankte mich.
Er lächelte mit den Augen.
Irgendetwas Gefährliches blitzte darin.

Sein Blick hatte etwas Bohrendes, kaum zu Ertragendes.
Ich stellte die Figuren auf, unterließ es aber, seinem Blick zu begegnen.
Ich spielte Weiß, durfte also eröffnen.

Schnell war klar, dass es sich hier um einen ausgezeichneten Schachspieler handelte.
Er schien über seine Züge überhaupt nicht nachdenken zu müssen, ließ mich ziehen, lächelte dabei und konterte prompt.

Er reagierte spontan auf meine Springer-Attacken, setzte schon sehr früh eine Rochade ein, was mich verwirrte, verunsicherte mich zudem mit seinen Läufern, noch mehr aber mit seinen Springern, ließ mir keine Ruhe, schien ständig irgendeine List auszuarbeiten, bereitete vor, lockte, stellte Fallen.
Er spielte glänzend, gefährlich, listig.

Du Schweinehund, dachte ich, so schnell kriegst du mich trotzdem nicht.
Ich führte immer stumme Selbstgespräche, wenn ich Schach spielte, redete in Gedanken mit meinem Gegner, beschimpfte ihn, drohte ihm, all so etwas.
Innere Monologe eben. Unerhört hilfreich – konzentrationsfördernd.

Er begann, einen Zwei-Fronten-Krieg zu führen.
Und das alles mit einem Pokerface, das sich gewaschen hatte.
Der Schweinehund verzog keine Miene.

Natürlich war „Schweinehund" nicht als Schimpf-wort gemeint, es war sogar eher so etwas wie ein Kompliment.

Er griff an meinen beiden Flanken mit einem Trio aus Offizieren an: Läufer, Springer und Turm.
Seine Bauern standen und marschierten perfekt.
Aber er schickte sie nicht in die Schlacht, führte keinen Bauernkrieg.
Er ließ sie nie alleine marschieren, schickte keinen unbewacht ins Feld, stets blieben sie aus dem Hinterhalt beschützt.

Ich kämpfte mit Klauen und Zähnen gegen ihn und bemerkte das eine oder andere Mal, dass seine Stirn für einen Moment in Falten lag, worüber ich mich jedes Mal kindlich freute.
Gerade hatte ich mein zweites Guinness bestellt, als er mir durch eine List einen meiner Türme schlug.
Ich hasste es, Türme zu verlieren.
Das setzte mir zu.
Ich hätte ihm am liebsten eine reingehauen.
Türme, das waren Bollwerke, der wichtigste Teil einer Festung.

Bis zu diesem Zeitpunkt hatte ich ihm nur zwei Bauern schlagen können.
Es war, als ob er unaufhaltsam und fast unmerklich seine Verteidigungslinie Stück für Stück nach vorne bewegte.

Ich entdeckte keine Lücke, überlegte krampfhaft einen Plan, diese Mauer zu durchbrechen.
Da schlug er mir einen Springer.
Schweinehund!
Ich war unkonzentriert.
Wie hatte er das angestellt?
Ich versuchte zu rekonstruieren.

Dennoch wollte ich mich nicht so schnell geschlagen geben.
Es musste doch eine Möglichkeit geben, diesem Typen Paroli zu bieten.
Dass er ganz einfach der bessere Schachspieler war, ließ ich zu diesem Zeitpunkt noch nicht als Möglichkeit gelten.

Wenige Minuten später konnte ich ihm einen Läufer schlagen.

Ich verbarg ein breites Grinsen, verlegte es gänzlich nach innen. Wollte hier als Routinier auftreten und nicht wie ein kleiner Junge wegen einer geschlagenen Schachfigur in Verzückung geraten.

Vier Züge später musste ich jedoch feststellen, dass der Verlust seines Läufers zu dem Plan gehörte, meinen zweiten Turm zu schlagen und mich gleichzeitig Schach zu setzen.
Sein „Schach" war das erste von ihm gesprochene Wort während dieser Partie.
Seine Stimme klang nach einem Kontrabass in den tiefen Lagen.

Ich erschrak, prustete geräuschvoll Luft heraus und befahl mir, mich zusammenzureißen, um hier nicht gegen diesen Farmer elendig unterzugehen.
Ich konnte mich herauskämpfen.
Spielte aber weiterhin auf Sicherheit und wartete den richtigen Moment, die richtige Gelegenheit ab.
Die aber nicht kam.
Meine Konzentration zerfaserte an allen Enden, das Bier wirkte ermüdend.

Ich wurde schläfrig und kämpfte gegen die Müdigkeit an.
Er schlug mit seiner Dame ein paar meiner Bauern.
Ich konnte nichts dagegen tun und überlegte, ob dieses Manöver etwas zu bedeuten hatte.
Wenige Augenblicke später wusste ich es!

Seine Dame schoss heran, bot erneut Schach und trieb meinen König in die Enge.
Durch die entstandene Lücke rückte er mit einem Turm nach.
Jetzt wurde es verdammt eng hinter meiner Verteidigungslinie, die gerade eben auseinander gebrochen war.
Löchrig wie Schweizer Käse, dachte ich.

Ich begann zu schwitzen, spürte die Bedrohung, die auf dem Brett stattfand, auch körperlich.
Mein Blutdruck schoss in die Höhe.
Ein echtes Problem.
Außerdem wuchs meine Wut auf diesen Schweinehund.

Wie aus heiterem Himmel (ein Verwirrspiel von Bauern- und Springerzügen war dem vorausgegangen) schoss sein Läufer vor und schlug meine Dame.

Meine DAME!

Im selben Moment fegte ich wutentbrannt das Brett samt Figuren vom Tisch.
Sie stoben und flogen durch die Kneipe.
Nichts Schlimmeres als die Dame zu verlieren.
Ohne Dame war ich kaum noch zu etwas fähig.

Dazu entfuhr mir ein „Fucking Bastard", das ich nicht einmal kommen gespürt habe, sonst hätte ich es irgendwo an meiner Zungenspitze zurückgehalten.
Er sprang erschrocken auf und presste ein „Bloody German" hervor, wenn ich seinen Dialekt richtig deutete.
An der Bar gegenüber und im hinteren Kneipenbereich waren sie ebenfalls erschrocken zusammengefahren und blickten vorwurfsvoll herüber.

Ein Kerl mit breitem Schädel und breiten Schultern meinte, dass man das von den Deutschen ja gewöhnt sei.
Ich entgegnete, dass man von ihm und seinen Landsleuten noch ganz andere Dinge gewöhnt sei, und ich müsse das wissen, schließlich lebte ich schon seit mehr als fünf Jahren auf der Insel.

Er stellte sein Bierglas mit einem Scheppern auf die Theke und wollte wissen, was ich damit gemeint hatte.
Ich brummte unverständlich vor mich hin und machte mich daran, Schachbrett und Figuren einzusammeln.

Plötzlich stand er vor mir, baute sich geradezu vor mir auf.
Wirkte wie einer jener Türme auf dem Schachbrett, die ich zuvor verloren hatte.
Ich solle ihm endlich sagen, wie ich das eben gemeint hätte.
Doesn`t matter!

Es spiele sehr wohl eine Rolle, drohte er.
Ich sagte ihm, dass ich keine Lust auf einen Streit hätte.
Dann müsse ich mich entschuldigen.
Ich rief ein halbherziges „Sorry" in die Runde.
Das sei zu wenig, meinte er und kam noch einen Schritt näher.

Er roch unangenehm nach starkem Bier, nach Schweiß und noch ein paar Dingen mehr, über die ich nicht nachdenken wollte.
Ich solle mich anständig entschuldigen.
Ich sagte ihm, dass er mich am Arsch lecken könne.

Daraufhin packte er mich am Kragen und zog mich durch das Pub.
Er wollte mich vor die Türe zerren, eine Schlägerei mit mir beginnen, soviel war klar.

Ich hatte ohnehin keine Lust mehr auf diese Gesellschaft oder ein weiteres Schachspiel, das ich sowieso wieder verlieren würde.

Verlieren gehörte nicht gerade zu meinen Stärken.
Ich packte sein Handgelenk, wollte mich befreien, doch der Kerl hielt mich mit eisernem Griff fest und zerrte mich vor die Türe des Pubs.
In gewisser Weise ließ ich mich auch hinauszerren, setzte dem, was sich hier gerade anbahnte, nichts entgegen.
Ich glaube, auch ich war auf Ärger aus.

Mittlerweile war es stockdunkel geworden.
Er rüttelte an mir, wollte erneut wissen, was ich mit meiner Aussage gemeint hätte.
Ich bat ihn, mich loszulassen.
Er ging nicht darauf ein.
Sag schon, du Penner, bellte er mich an, mach dein Maul auf. Womit wolltest du uns beleidigen, du deutsches Arschloch.

Ich bat ihn mit zusammengebissenen Zähnen noch einmal, mich loszulassen.
Er schüttelte mich durch mit seinen Pranken, mit seinen Klodeckel-Händen, mit seinen Waschschüssel-Pfoten, und reagierte auch dieses Mal nicht auf meine Bitte, die jetzt allerdings schon wie eine Herausforderung klang.
Eigentlich schon wie eine Drohung.

Er grinste ein wenig dämlich und machte sich einen Spaß mit mir.

Aus der Türe stolperten drei oder vier seiner Kumpels, wie ich aus den Augenwinkeln sehen konnte, lärmten und brüllten, hatten ebenfalls ihren Spaß an der Szene.

Gib's ihm, Sean, brüllten sie im Chor.

Aha, Sean hieß der Vollidiot also, der mich nicht loslassen wollte und auf Ärger gebürstet war.

Dann schleuderte er mich, noch immer am Kragen haltend, gegen ein parkendes Auto.

Das war zuviel.

Ich knallte ihm meine Faust gegen die Schläfe.

Eine Rechte mit voller Wucht – ansatzlos.

Ich hatte nicht umsonst jahrelang die behandschuhten Schläge meines großen Bruders eingesteckt und irgendwann parieren gelernt, um mich hier und jetzt von diesem Tölpel zur Belustigung herumzerren zu lassen.

Er ließ mich sofort los, taumelte, verdrehte die Augen.

Ich verpasste ihm gleich noch eine.

Wieder eine Rechte, wieder gegen die Schläfe.

Er ging in die Knie.

Alles andere hätte mich auch gewundert.

Ich wollte mit einem dritten und letzten Schlag die Sache zu Ende bringen, als mich seine Kumpels von hinten packten, meine Arme festhielten und Sean aufforderten, mir ein paar reinzuhauen.

Sean rappelte sich mit dieser erfreulichen Aussicht wieder auf und trat vor mich, um mich zu malträtieren.

Ich trat ihm stattdessen in den Unterleib – voll auf die 12!

Er schrie, sank nun endlich wehklagend zu Boden und kippte wie ein Kartoffelsack zur Seite.
Für einen Moment konnte ich mich befreien, erwischte einen der Typen mit einer Linken, sah noch, wie seine Lippe aufplatzte, dann war Schluss.

Sie gingen brüllend auf mich los.
Schläge prasselten auf mich ein.
Ich schrie vor Schmerzen auf.
Dann ein Schlag gegen den Kopf, Schwindel, kurzzeitig alles Dunkel.
Von einem Treffer in die Magengrube erbrach ich mich auf die Motorhaube eines parkenden Wagens.
Hoffentlich das Auto eines dieser Typen, dachte ich.
Aus meiner Nase rann Blut, versaute meinen Pullover.
Eine Faust traf mich über dem rechten Auge, das Blut aus der Wunde lief mir übers Gesicht.

Aber ich hatte noch Glück.
Als ich K.O. zu Boden ging, ließen sie von mir ab, traten nicht auf mich ein, ließen mich draußen auf dem Parkplatz zwischen den parkenden Autos liegen.
Ich war kurz weggetreten.
Als ich zu mir kam, war niemand mehr da.
Ich rappelte mich auf, spuckte Blut und Sonstiges aus, taumelte zu meinem Auto und fuhr langsam zurück zum Cottage.

Sally würde mich schon wieder zusammenflicken.

Die Landzunge wies wie ein langer dunkler Schatten ins Schwarze hinaus.
Es tat gut, das beleuchtete Cottage auf dem Hügel schon von weitem zu sehen.
Das Meer lag im Dunkel.
Unkenntlich.
Alles schwarz dort draußen.

Kopf und Körper schmerzten, mir war noch immer übel.
Diese Arschlöcher.
Wäre mir jeder von ihnen alleine entgegengetreten, ich hätte ihn niedergeschlagen.

Vor dem Cottage parkte kein Wagen.
Vielleicht war Sally mit dem Taxi gekommen.
Oder jemand hatte sie hergebracht.
Ich schloss die Türe auf, rief ihren Namen laut hinein.
Keine Antwort.
Ich rief noch einmal.
Nichts – Stille.
Ich ging den Flur entlang, schaute in die Schlafzimmer, ins Bad, rief ihren Namen.
Aber sie antwortete nicht. Sie war also noch immer nicht angekommen.
Ich zog mein Telefon heraus, tippte mit blutverkrusteten Fingern ihre Nummer.
Ihre Mailbox ging an.
Ihre Stimme löste erneut etwas in mir aus, meine Augen füllten sich mit Tränen.

Wo bist du, Sally? Meine Stimme zitterte.
Ich sagte, dass ich mir Sorgen mache.
Fragte, ob sie Hilfe brauche.
Ich sagte ihr, dass ich keine Ruhe fände, wenn ich
nichts von ihr hören würde.
Melde dich, Sally! Bitte!
Ich stellte das Telefon auf laut und warf es auf den
Wohnzimmertisch.
Wenn sie sich meldete, wollte ich ihren Anruf auf
keinen Fall verpassen.

Im Gefrierfach des Kühlschrankes entdeckte ich
Eiswürfel, stopfte sie in einen Waschlappen, legte
mich aufs Wohnzimmersofa und kühlte abwech-
selnd die Wunde über dem Auge und meine Ober-
lippe.
Verdammte Arschlöcher, brummte ich vor mich
hin.
Wenn ich es mir recht überlegte, war sogar Sally
ein wenig damit gemeint.
Ich war offenbar nicht mehr ganz klar im Kopf ...

Ich dachte an diesen misslungenen, katastrophalen
Abend, freute mich aber, wenigstens einen dieser
Typen zu Boden geschickt zu haben.
Und immer wieder dachte ich voller Sorge an Sally.

Alles verschwamm.
Sallys Stimme, die Halbinsel, das Pub, die Gesichter
der Typen, die mich zusammengeschlagen hatten,
die Figuren auf dem Schachbrett – und Sallys Gesicht, das undeutlich vor meinem inneren Auge
auftauchte.

Nach zwei oder drei Whiskeys schlief ich mit enormen Kopfschmerzen und einer Flut an inneren Bildern spät in der Nacht auf dem Sofa ein.

Als ich erwachte, vernahm ich nur den Wind, der ums Haus heulte und hörbar durch irgendwelche Ritzen pfiff.

Ich konnte kaum die Augen öffnen oder mich bewegen.
Alles schmerzte.
So musste man sich wohl nach einem Boxkampf fühlen.
Ich hatte vergessen Torf nachzulegen.
Das Feuer war ausgegangen.
Überall Feuchtigkeit und Kälte, sogar meine Klamotten waren klamm.
Es hatte in der Nacht zu regnen begonnen.
Vor den Fenstern wehten böige Regenschleier.

Himmel und Meer, ein einziges Grau.
Man konnte nicht erkennen, wo die Trennlinie zwischen Himmel und Wasser verlief.
Eine grässliche Waschküche dort draußen.

Ich musste schleunigst wieder Feuer machen.
Vorher den Kamin säubern, eine lästige Arbeit.
Erst recht, wenn man sich wie ein ausgewrungener Lappen fühlte.
Oder wie ein armseliger Hund, auf den blindlings eingedroschen worden war.

Sally war noch immer nicht da.
Auf dem Display meines Telefons kein verzeichneter Anruf.
Scheiße, was ist mit dir, Sally?

Wenn meine Nerven angegriffen waren, führte ich laute Selbstgespräche.

Zum Frühstück schlug ich mir drei Eier in die Pfanne, bereitete mir Marmeladen-Toast zu und kochte Tee.
Vor allem der heiße Tee brachte wieder etwas Leben in mich.
Ich hatte einen extra großen Löffel braunen Zucker hineingerührt.
Herrlich, nach der langen Zeit der Zucker-Abstinenz.

Vom Wintergarten aus betrachtete ich das bleigraue Schauspiel in der Bucht.
An den Fenstern rannen Regentropfen hinab, wurden zu flinken Linien.
In der farblosen Bucht hing nichts als verwaschenes, trübes Licht.
Der sonst ockerfarbene Sand, aschfahl.
Die Dünengräser lagen niedergedrückt von der Heftigkeit des Windes und der Schwere des Regens.

Ich saß nah am Kamin, beim Torffeuer, durfte es nicht wieder ausgehen lassen, legte von Zeit zu Zeit Torfsoden nach.
Eine Stunde musste ich so dagesessen und gegrübelt haben, als ich mich entschloss, schwimmen zu gehen.

Ich lief, ohne Handtuch, nur mit einer Badehose bekleidet, durch die Dünen hinunter in die Bucht.

Auf dem Parkplatz stand kein einziger Wagen.
Der mobile Kaffee- und Teeshop war gar nicht erst
aufgekreuzt.

Wie Nadelstiche stachen die Regentropfen in meine Haut.
Der Wind blies kalt und schneidend vom Atlantik
her.
Ich fror schon nach wenigen Metern.
Bis Sally auftauchte, würde ich mit einer Erkältung
im Bett liegen, sagte ich mir.

Dennoch war es ein irres Gefühl, halbnackt durch
diesen Sturm, durch dieses abscheuliche Wetter zu
rennen, dem Meer entgegen.
Am Strand erschrak ich über die kalte Feuchtigkeit
und Härte des Sandes und begann, noch schneller
zu laufen.

Ich spürte die Erschütterung bei jedem Schritt in
meinen schmerzenden Kniegelenken.
Ganz zu schweigen von den Schmerzen durch die
Schlägerei.
Die Tabletten hatten nicht alle Folgen betäubt.

Beim Erreichen des Wassersaumes erschrak ich
noch heftiger.
Das Meer war derart kalt, für Juni außergewöhn-
lich.
Ich musste es wissen, schließlich schwamm ich seit
fünf Jahren jeden Sommer in ihm. Meistens ab Mai.

Ich jagte in die Wellen hinein, schrie vor Kälte, um mir Mut zu machen.

Als das Wasser meinen Unterleib erreichte, überlegte ich einen Moment, umzudrehen, die ganze Sache zu vergessen.

Jetzt bloß kein Feigling sein, sagte ich mir, stürzte in die Wellen und tauchte unter.

Etwas Derartiges hatte ich noch nie erlebt.

In all den Jahren nicht.

Ein wahrhaftiger Kälteschock.

Die Kälte riss und zerrte an mir.

Ich konnte kaum atmen, japste nach Luft, versuchte ein paar hastige Züge und rannte ebenso schnell wieder heraus.

Zumindest tat jetzt nichts anderes mehr weh.

Diesmal kein Gefühl von Erneuerung, vom Getragensein unter Wasser, von Schwerelosigkeit und Stille – von Neuwerdung!

Nur Schock und Starre und schiere Atemlosigkeit.

Ich rannte schwer atmend aus dem Wasser, keuchend, schreiend, von Windböen und Regen erfasst, hinauf auf die Dünen, triefend vor Nässe, stach mir an Dünengräsern die Fußsohlen blutig, schoss quer über die Wiese zurück zum Haus, gleich unter die Dusche, die zum Glück sofort warmes Wasser ausspie, und duschte eine Ewigkeit.

Im Bademantel legte ich mich ins Bett, deckte mich bis an die Nasenspitze zu und schlief nach einer Weile ein.

Gegen ein Uhr Mittag erwachte ich frierend, schlich ins Wohnzimmer hinüber und stellte verärgert fest, dass das Feuer im Kamin schon wieder ausgegangen war.
Ich kleidete mich an, wiederholte fluchend die Prozedur des erneuten Kaminreinigens und Feuermachens.

Doch alles in allem fühlte ich mich wohl.
Das Bad im kalten Meerwasser hatte mir gut getan.
Als das Feuer wieder brannte, hockte ich eine ganze Weile davor und hielt die Hände vor die Flammen.
Ich hatte ordentlich Torf und Holz aufgeschichtet.
Es loderte, schlug gehörig aus.
Die Hitze wärmte mich durch und durch.
Mein Gesicht glühte.

Der Hunger trieb mich in die Küche.
Als ich mit ein paar Sandwiches zurückkam, entdeckte ich das Blinken auf dem Display meines Telefons.
Sallys Eltern hatten angerufen.
Vermutlich, als ich schwimmen gewesen war.

Ich erschrak, überlegte, ob es Gutes oder Schlechtes zu bedeuten hatte, stellte den Teller mit den Sandwiches ab und drückte die Rückruftaste.
Ihre Mutter meldete sich.
Sie erkundigte sich, ob ihre Tochter schon bei mir eingetroffen sei.
Als sie hörte, dass ich selbst noch auf sie wartete, unterdrückte sie ein Schluchzen.

Ich fragte, was los sei.

Sie berichtete, dass ihre Tochter erst vor wenigen Tagen aus dem Kongo zurückgekommen war. Kongo?, unterbrach ich sie und erwähnte, dass Sally mir vor vier Wochen mitgeteilt hatte, dass sie wegen einer neuerlichen Berichterstattung nach Mali fliegen müsse.
Mali? Nein, sie sei in den Kongo geflogen, versicherte ihre Mutter.

Ihre Mutter hatte den Eindruck, ihre Tochter sei nach ihrer Rückkehr völlig verstört und verändert gewesen.
Sie sei während des Telefonats zwar bemüht gewesen, wie sonst zu klingen, aber schließlich sei sie „ihr Mädchen" und sie wüsste genau, wenn etwas mit ihr nicht stimmte.
Und sie habe das Gefühl, *dass* etwas nicht mit ihr stimmte.

Ob ich denn nichts bemerkt hätte.
Ich sagte ihr, dass wir per E-Mails kommuniziert und nur ein ganz kurzes Telefonat geführt hatten, bei dem mir allerdings nichts aufgefallen wäre.
Sie mache sich Sorgen, betonte ihre Mutter, so zerrüttet und verstört sei ihre Tochter noch nie von einem Auftrag zurückgekommen.
Ich schwieg erschrocken.

Sie versuche seit zwei Tagen vergeblich, ihre Tochter anzurufen.

Ich erklärte ihr, dass Sally mir mitgeteilt hatte, dass sie sich auf die drei Wochen mit mir freue.

Ihre Mutter wiederholte, dass sie sich große Sorgen um sie mache. Sie nicht erreichen zu können, mache ihr Angst. Sie würde immer zurückrufen, wenn sie die Nummer ihrer Eltern auf dem Display sehe.

Auch ihr Vater mache sich große Sorgen.

Ich versuchte ihre Mutter zu beruhigen, redete ihr gut zu, aber dachte selbst mit zunehmender Sorge an Sallys Verbleib.

Sie sagte, wenn ihr Mädchen nicht bis morgen Abend auftauche oder zurückrufe, werde sie die Polizei verständigen und sie als vermisst melden.

Die Polizei?

Aber ja. Auch ihr Vater wolle keine Minute länger damit warten.

Und sie auch nicht.

Ich entgegnete, dass sich bestimmt alles schon sehr bald aufklären werde.

Das hoffe sie von Herzen.

Sie unterdrückte ein Schluchzen.

Ich hatte sie bis dahin nur ein einziges Mal getroffen, drüben in Newcastle, als ich vor einigen Monaten für ein paar Tage Sally besucht hatte.

Sie hatte ihre Mutter in ein Café bestellt, um mich vorzustellen und hatte darauf bestanden, dass dieses Treffen vor dem Vater geheim gehalten wurde.

Ihre Mutter fragte, ob ich etwas von dem Film wüsste, den ihre Tochter offenbar im Kongo gedreht und ins Netz gestellt hatte.
Ich verneinte und fragte erstaunt, worum es in dem Film ginge.
Das wisse sie nicht. Sally habe nichts darüber gesagt. Sie habe nur erwähnt, dass sie wegen der Reaktionen zu dieser Reportage derzeit viel zu tun habe und gleichzeitig vorsichtig sein müsse.

Weshalb vorsichtig?
Das könne sie nicht sagen, leider habe sich ihre Tochter nicht weiter dazu geäußert.
Ob sie nicht nachgefragt habe.
Natürlich, aber sie habe sich ihr gegenüber darüber ausgeschwiegen.

Sie bat mich eindringlich, sofort Bescheid zu geben, sobald ihre Tochter bei mir auftauchte.
Ich versprach es ihr und bat sie meinerseits, mich auf dem Laufenden zu halten, auch im Hinblick auf die Sache mit der Polizei.
Möge Gott sie beschützen, sagte sie und legte auf.

Ich dachte über Gott nach.
Ob es schon so weit war, dass er sie beschützen musste?
Aber musste er das nicht immer? Jeden von uns?
Aber warum sollte er?

Ich aß ich im Wintergarten meine Sandwiches, kaute grüblerisch auf ihnen herum.

Trank heißen Tee mit braunem Zucker, und überlegte, weshalb Sally mir nichts von einem Auftrag im Kongo erzählt, stattdessen aber von Mali gesprochen hatte.

Warum hatte sie mir den Kongo verheimlicht?
War es vielleicht gar kein offizieller Auftrag?
War sie vielleicht sogar zuerst in Mali und ist anschließend in den Kongo geflogen?
Auf eigene Rechnung und eigenes Risiko?

Es war extrem gefährlich dort. Vor allem im Ostkongo.
Was hatte sie dorthin geführt?
Worüber hatte sie berichtet?
Und warum hat sie mir nichts davon erzählt?

Bisher habe ich noch immer erfahren, wohin es das nächste Mal für sie gehen sollte. Auch wenn sie mir Details grundsätzlich verschwieg.
Hatte sie befürchtet, ich würde versuchen, es ihr auszureden?
Was ich vielleicht sogar getan hätte.

Ging es um einen anderen Mann?
Einen Reporter oder Kameramann?

Jemand ganz anderen?
Sie hatte ihre ganz bestimmten Leute, mit denen sie gerne unterwegs war, das wusste ich.
Typen, auf die sie sich verlassen konnte, wie sie betonte.
Was auch immer das bedeutete.

Dennoch versicherte sie mir stets, dass mit keinem von diesen Typen etwas lief.
Es fiel mir schwer, das zu glauben.

Sie meinte, das liege an mir.
Ich könne kein oder nur geringes Vertrauen aufbauen.
Etwas, das unsere Beziehung belasten könne.

Wir hätten es einfacher, wenn sie einen anderen Job ausüben würde, hatte ich entgegnet, denn ein Job sei nicht wie Eifersucht eine Charaktereigenschaft, die kaum aus einem wegzubekommen sei.
Sie hatte nur gelacht und gemeint, wenn ich wollte, dass sie diesen Job aufgäbe, dann könne ich gleich abhauen.

Ich wollte sie nicht verlieren.
Und auch wenn unsere beiden Jobs konträrer nicht sein konnten, gab es doch eine Menge Gemeinsamkeiten zwischen uns.
Wenn wir zusammen waren, liebten wir uns leidenschaftlich, sowohl physisch als auch psychisch.
Wir konnten über denselben Blödsinn lachen, ärgerten uns gemeinsam über vieles und besaßen, meine ich, dieselbe seltene Fähigkeit, über die kleinsten Dinge im Leben erfreut zu sein.
Seien wir ehrlich, wie vielen Paaren gelingt das schon.

Ich gebe offen zu, ich hatte zwar nicht ihren Ehrgeiz und ihr Feuer, doch auch ich konnte mich für

etwas begeistern und mich ganz und gar darin verlieren.
Zumindest dachte ich das immer von mir.

Dass wir seit ungefähr zwei Jahren so etwas wie
ein Paar waren, daran hätte man auch zweifeln
können.
Sie war meistens auf dem Sprung, mit irgendetwas
beschäftigt, auch gedanklich.
Oder tatsächlich unterwegs.
Sie ließ sich nicht binden.
Wollte unbedingt frei sein und frei bleiben.
Deshalb ließ sie sich auch nicht von einem Sender,
einer Agentur oder einer Zeitung fest engagieren.
Sie wollte ihr Ein-Zimmer-Appartement in Newcastle ebenso behalten wie ihre Entscheidungsfrei-
heit in beruflichen und privaten Dingen.
Sie sagte mir einmal, wenn ich versuchen sollte, sie
festzuhalten und ihr einen bestimmten Lebensstil
aufzudrängen, würde ich sie verlieren.

Wenn sie durch die Weltgeschichte jagte, Fotos in
Kriegsgebieten schoss, saß ich wie immer täglich
zu Hause am Schreibtisch und übersetzte oder
schrieb, wie derzeit, ein Buch.
Sie hatte mich zig Mal animiert, ein Buch zu einem
brisanten Thema zu schreiben, einem weltpoliti-
schen oder gesellschaftlich relevanten.

Sie vertrat die Ansicht, wenn man schon künstle-
risch begabt und tätig sei, müsse es auch in irgendeiner Weise der Menschheit nützen und dazu bei-
tragen, die Welt ein klein wenig besser zu machen.

Kunst, allein zu Unterhaltungszwecken, als Zeitfüller, Trostspender oder Alltagsflucht, verabscheute sie.

Sieh dir die Welt doch an, hatte sie zu mir gesagt, als ich ihr eröffnete, dass ich diesen Roman zu schreiben gedachte.
Überall sei zu beschreibendes Elend, und ich wollte einen historischen Roman über einen deutschen Dichter schreiben, der vor 200 Jahren 25-jährig in Italien verstarb, der einen einzigen Roman, einen Schwung Gedichte und ein paar Reisenotizen hinterlassen hatte. Wozu?
Ich hätte ein zwei Argumente vorbringen können, unterließ es aber.
Stattdessen schwieg ich eisern. Und war auch ein bisschen verletzt.

Man konnte sie kaum von einer Meinung, Ansicht oder einer getroffenen Entscheidung abbringen.
Außer man nahm einen möglichen Streit in Kauf.
Zumindest aber eine kontroverse Diskussion.
Dazu war ich, im Gegensatz zu ihr, selten bereit.

Sie zehrte und lebte von einem Feuer, das tatsächlich meistens auf mich übersprang, wenn wir zusammen waren.
Leider drohte es immer wieder zu erlöschen, wenn wir uns dann wieder für einige Wochen nicht sahen und nur per Skype, Telefon oder E-Mail Kontakt hatten.

Ich bereitete mir einen weiteren Tee zu und überlegte zum ersten Mal ernsthaft, in welchen Abgrund ich stürzen würde, wenn ihr etwas zugestoßen war.

Was sollte ich tun?

Was konnte ich überhaupt tun?

Morgen Abend würde die Polizei verständigt werden, wenn sie bis dahin nicht auftauchte.

Die Dinge würden ihren Lauf nehmen.

Es war gut so.

Was ich zuerst für übertrieben gehalten hatte, erschien mir nun weitgehend sinnvoll.

Ob Sally tatsächlich noch irgendwo aufgehalten wurde oder ihre Meinung und ihr Vorhaben geändert hatte, erschien mir jetzt zum ersten Mal fragwürdig.

Oder steigerte ich mich in etwas hinein?

Wenn sie heute ankommen und sich herausstellen sollte, dass sie mal eben so ihre mit mir vereinbarten Absprachen spontan geändert hatte, würde ich diesmal nicht verständnisvoll reagieren, sondern ihr klipp und klar meine Meinung sagen.

Dafür hatte ich kein Verständnis mehr.

Und überhaupt: Was hatte es mit diesem Film auf sich?

Warum hat sie mir nichts davon gesagt?

Ich nahm mein Telefon und versuchte erfolglos eine Verbindung ins Netz zu bekommen, um nach diesem Film zu suchen.

Ich wollte ihn mir unbedingt anschauen.
Vermutlich hatte sie ihn auf ihre Web-Seite gestellt.
Ich musste wohl oder übel in die Hauptstadt des
Countys fahren, ein Internetcafé oder ein Hotel mit
Internetzugang aufsuchen.

Es regnete und stürmte noch immer.
Ein scheußlicher Sommer war das.
Aber wenn ich es mir recht überlegte, gab es auf
der Insel überhaupt keine richtigen Sommer. Jedenfalls nicht solche, die ich fast mein ganzes Leben lang – bis zu meinem Umzug hierher – erlebt
hatte.

Die Bucht und der Himmel, noch immer nur verwa-
schenes Anthrazit.
Das Meer, schieferfarben, mit einem undeutlichen
Farbton Petrol darin.
Es schlug unruhig und schäumend gegen die Küste.
Das Brandungsgeräusch echote scheinbar von ir-
gendwoher.
Ein Rauschen, in dem man sich verlieren konnte.

Am Ufersaum türmten sich Schaumkronen und flogen davon, sobald sie von einer Windböe erfasst
wurden.
Möwen kreisten schreiend über der Bucht, nutzten
die Aufwinde für waghalsige Flugmanöver.
Der Regen schien sie nicht zu stören.

Der Strand, menschenleer.

So hatte ich Buchten und Strände immer am meisten gemocht. Jetzt wirkte die Bucht verstörend einsam auf mich.
Ich wendete mich ab.

Erneut rief ich Sally an ... doch wieder nur die Sprachbox.
Verdammt!, sagte ich, melde dich bitte, wenn du das abhörst.
Vorerst verwarf ich den Trip in die Stadt, wollte unbedingt da sein, falls sie ankam.
Über den Film konnte sie mir dann persönlich berichten.

Ich kramte den Laptop hervor, las noch einmal die beiden zuletzt geschriebenen Kapitel, merkte aber, dass es mir nicht gelang, in die Geschichte einzutauchen.
Ich schweifte ständig ab, verlor den Faden, musste wieder von Neuem ansetzen.
Dann diese Kopfschmerzen.

Ich hoffte, der Kerl, dem ich in den Unterleib getreten hatte, würde sich noch lange an mich erinnern und überlegte, ob ich die anderen Kerle, die mich verprügelt hatten, alleine aufsuchen, gegebenenfalls verfolgen und beobachten sollte, bis sich eine „Von Mann zu Mann Situation" ergab, und ich jedem einzelnen eine ordentliche Abreibung verpassen konnte.

Aber eine innere Stimme rief mich zur Vernunft.
Für diese Typen war die Sache vermutlich erledigt.

Ich würde damit nur einen Konflikt heraufbe-
schwören, der böse ausgehen könnte.
Am ehesten für mich.
Verwende deine Energie lieber, um zu verbessern,
als um jemandem Schaden zuzufügen, hätte Sally
mir an dieser Stelle geraten.

Ich zwang mich weiterzulesen.
Nach ein paar Sätzen fiel mir plötzlich Beth ein, eine Freundin Sallys.
Ihre Nummer musste noch in meinem Telefon ge-
speichert sein.
Ich hatte sie das eine oder andere Mal angerufen,
wenn Sally sich tagelang nicht gemeldet hatte, um
vielleicht etwas über Sally in Erfahrung zu bringen.

Beth hatte Sally bisher nichts von meinen gelegent-
lichen Anrufen bei ihr erzählt.
Ich glaube, sie verstand mich und meine Sorge,
wenn Sally irgendwo in Kriegsgebieten unterwegs
war.
Nur, dass sie meist selbst nicht mehr wusste als
ich.
Oder es mir nicht sagte.

Ich fand ihre Nummer und rief an.
Beth musste ihr Telefon in der Hand gehalten ha-
ben.
Sie meldete sich gleich beim ersten Klingeln.

Beth klang sehr besorgt.
Sie wisse nichts von einem Auftrag im Kongo. Ob
ich sicher sei?

Sie sagte, sie habe Sally schon einige Wochen nicht mehr gesprochen.
Eigentlich, seit sie nach Mali geflogen war.
Ich solle mich gleich melden, wenn sich etwas Neues ergäbe.
Du auch, bat ich sie.

Nach einer weiteren mühevollen Stunde fuhr ich den Laptop herunter.
So unkonzentriert konnte ich keinesfalls am Buch weiterarbeiten.
Ich musste unentwegt an Sally denken.

Am späten Nachmittag klingelte mein Telefon.

Ich rannte vom Wintergarten, wo ich seit mindestens einer Stunde das leblose, regennasse und trübsinnige Schauspiel der Bucht verfolgt hatte, hinüber ins Wohnzimmer.
Endlich, dachte ich erleichtert.
Das musste Sally sein!

Ich bereitete mich in diesen wenigen Sekunden auf ihre Erklärung vor, rechnete mit allerhand Haarsträubendem, doch nicht mit einer Lüge oder Halbwahrheiten, die Sally niemals auftischte.
Sie blieb immer bei der schonungslosen Wahrheit, egal, wie hart sie auch ausfiel.
Wenn sie keine Lust gehabt hatte, pünktlich zu sein, dann bekam man das auch genau so zu hören.
Ganz gleich, was passiert war, sie log nicht oder schwafelte um den heißen Brei herum oder suchte nach Ausreden.

Meine Wut war verraucht, dennoch legte ich mir
für das jetzige Gespräch eine Handvoll Argumente
zurecht und ein paar harmlose Vorwürfe als kleine
Kriegslist. Schließlich konnte ich ihr Verhalten ja
nicht unkommentiert hinnehmen.
Sie durfte ruhig wissen, wie ich mich gefühlt und
welche Sorgen ich mir um sie gemacht hatte.

Aber es war nur noch einmal Beth, die anrief.

Sie quetschte mich über die letzten Wochen aus,
zweifelte an, dass ich nichts vom Kongo gewusst
hatte, bestand sogar darauf, dass ich zugab, davon
gewusst zu haben.
Und wenn ich das getan hätte, müsste ich doch
auch etwas über Sallys jetzigen Aufenthaltsort wissen.
Beths Verhalten verwunderte mich sehr.
Warum sie mir nicht glaube?

Ich, als ihr derzeitiger Geliebter (ich wunderte
mich über diese altmodische Bezeichnung) müsse
doch wissen, wo sich meine Partnerin aufhielt. Und
dass ich nichts über einen Auftrag im Kongo
gewusst habe, könne doch gar nicht sein. Warum
solle sie etwas vor mir geheim halten.
Sie kenne doch Sally, entgegnete ich.
Was ich damit meinte?

Sally sei spontan und unnachsichtig, unpünktlich
und teilweise verantwortungslos, entgegnete ich
gereizt.

Ich spürte, wie ich mich zunehmend über Beth ärgerte.

Und sogar über Sally.

Ob ich mir eigentlich selbst zuhöre, wie ich über die Frau spreche, die ich zu lieben vorgab, ereiferte sich Beth.

Für so etwas fehlte mir heute die Geduld.

Ich betonte noch einmal, dass ich nicht wüsste, wo Sally steckte und weshalb sie im Kongo gewesen sei, auf wessen Geheiß oder Auftrag.

Ohne Abschiedsgruß und schlecht gelaunt legte ich auf.

Kaum hatte ich aufgelegt, klingelte es erneut.

Wieder war es Beth.

Ich nahm nicht mehr ab.

Auch nicht bei den nächsten sieben Anrufen.

Dann ließ sie mich in Ruhe.

Blöde Kuh, sagte ich und ging in die Küche.

Ich belegte ein Backblech mit gefrorenen Pommes Frites und schob es in den Backofen.

Zuvor briet ich mir drei Spiegeleier, die ich zu Toast und Tee aß.

Während des Essens dachte ich wieder an den Film, den Sally offenbar im Kongo gedreht hatte.

Sie hatte noch nie einen Dokumentarfilm gedreht.

Schwer zu glauben, dass sie dahinter steckte.

Ich musste ihn mir unbedingt ansehen.

Nach Spiegeleiern, Toast, Tee und Pommes mit Ketchup schnappte ich mir meine Regenjacke und brach zu einem Strandgang auf.

In der Zwischenzeit hatte es zu regnen aufgehört.
Das musste ich ausnutzen.

Dieser Junitag war so kalt wie ein deutscher
Herbsttag.
Noch immer fuhr der Wind vom Meer her in die
Bucht, kippte die Dünengräser zur Seite.
Enorme Aufwinde beherrschten die Luft, man sah
es an den abrupt in die Höhe steigenden Möwen,
die minutenlang segelten, ohne mit den Flügeln zu
schlagen.
Sie ließen sich tragen und treiben, diese Könige der
Lüfte.

Ein einzelner Mann mit Hund ging am anderen En-
de der Bucht am Strand entlang.
Er trug einen Hut und griff ständig nach ihm, damit
er ihm nicht davonflog.
Sein Hund verbellte den Wind, hörte gar nicht
mehr auf damit.
Der Mann befahl dem Hund gestenreich mit dem
Gekläffe aufzuhören und gab es irgendwann ein-
fach auf.
Der Hund bellte bis zur Heiserkeit.
Dämlicher Köter, dachte ich.

Ansonsten war die weite Bucht menschenleer und
verlassen.
Ich ging nahe an den Wassersaum, wollte die salzige, kalte, schneidende Atlantikluft so nah wie möglich einatmen.

Ich zog meine Strickmütze ein Stück weiter über die Ohren, stopfte die Hände in die Jackentaschen und marschierte schnellen Schrittes zum anderen Ende der Bucht, wo der Mann mit dem Hund gerade über einen Pfad durch die Dünen den Strand verließ.

Auf halbem Weg zurück, ungefähr in der Mitte der Bucht, sah ich einen heranfahrenden Wagen, dessen verwaschene Lichter wie Lanzen in die Bucht stocherten, bis er nach rechts abbog, die Auffahrt zu meinem Cottage hinauf nahm und direkt vor dem Haus hielt.

Ein Mann stieg aus, ging zum Haus, klopfte, wartete, klopfte noch einmal und wartete erneut auf eine Reaktion.
Dann ging er ums Haus herum und schaute dabei zu den Fenstern hinein.
Ich überlegte, ob ich mich irgendwo verstecken sollte.
Nur wo?

Vielleicht war es einer der Männer von der Prügelei am Vorabend.
Jetzt hatte ich keine Lust mehr auf einen Rückkampf gegen einen von ihnen.
Ich ging einfach weiter, als wäre ich irgendein Strandspaziergänger und tat so, als interessiere er mich nicht.

Der Fremde kam von seinem Rundgang ums Haus zurück, stellte sich breitbeinig vor das Cottage und blickte herunter in die Bucht.
Er entdeckte mich, hielt inne und fixierte mich.

Eine Weile beobachtete er mich, sah mir zu, wie ich näher kam und setzte sich dann wieder in seinen Wagen.
Ich war erleichtert.
Doch er fuhr nicht los, sondern blieb, ohne den Motor zu starten, im Wagen sitzen.
Er schien auf mich zu warten.

Na gut, dann sollte es eben so sein.
Wenn es einer der Typen von der Schlägerei sein sollte, dachte ich, dann gäbe es jetzt eine Revanche.
Ich bereitete mich innerlich darauf vor, kletterte durch die Dünen hinauf, machte einen Bogen um den Wagen und lenkte meine Schritte hin zum Cottage.
Als ich am Wagen vorbei war, stieg der Mann aus und rief meinen Namen.

Ich blieb stehen und wandte mich um.
Er kam auf mich zu, stellte sich als Inspektor vor, der einem telefonisch erhaltenen Hinweis nachging und wies sich aus.
Er sah gar nicht aus wie ein Polizist. Und schon gar nicht wie ein Inspektor.

Der Bauch rutschte ihm über den Hosenbund.
Das glatte graue Haar war zu einem kleinen Zöpfchen im Nacken zusammengebunden.

Er wirkte unsportlich, behäbig, schlechtgelaunt.
Ich fragte, um welchen Hinweis es gehe und rätselte zugleich, weshalb man deswegen gleich einen Inspektor schickte.

Er meinte, er dürfe keine Auskunft geben, erkundigte sich jedoch nach Sally und erklärte, der Hinweis sei in Verbindung mit einer Vermissten-Anzeige eingegangen.
Ich hatte das Gefühl, irgendetwas braute sich hier zusammen.

Er fragte, ob ich dazu bereit wäre, ihn einmal durchs Haus zu führen, andernfalls müsse er sich einen Beschluss besorgen.
Ich schluckte und fragte, ob ich irgendeiner Sache verdächtigt werde.
Er wiederholte sich und meinte, er dürfe mir wirklich keine Auskunft geben.
Widerwillig und mit gemischten Gefühlen ließ ich ihn ins Haus.

Er ging durch das Cottage, inspizierte jedes Zimmer, auch das Bad, den Heizungsraum und die Toilette.
Er öffnete Schranktüren, warf einen Blick unter die Betten und öffnete sogar die Schubladen des Badezimmer-Schränkchens.
Zuletzt wollte er noch einen Blick in den Schuppen hinter dem Cottage werfen.
Ich erklärte, dass ich für den Schuppen keinen Schlüssel hätte, er ihn aber gerne aufbrechen dürfe,

wenn die Polizei anschließend für den Schaden aufkomme.

Er betrachtete mich prüfend, bedankte sich, reichte mir seine Karte, meinte, wenn mir noch etwas einfiele, solle ich ihn anrufen.

Dann fuhr er wieder davon.

Aufgebracht betrachtete ich mir seine Visitenkarte, las Titel und Namen:

Inspector *S. Cameron*.

Klang nicht unbedingt irisch.

Etwa ein Engländer bei der irischen Polizei?

Auf mich angesetzt, wie es aussah.

So wie es schien, wurde ich also verdächtigt, etwas mit Sallys angeblichem Verschwinden zu tun zu haben.

ICH – das musste man sich einmal vorstellen.

Unglaublich.

Die Sache wurde immer seltsamer.

Gedankenversunken setzte ich mich in den Wintergarten und überlegte, um welche Art Hinweis es wohl ging. Und wer diesen Hinweis gegeben hatte.

Beth etwa?

Sallys Mutter?

Oder etwa ihr Vater?

Einer dieser Dreien hatte mir doch tatsächlich die Polizei auf den Hals gehetzt.

Dieses Pack!, schimpfte ich vor mich hin.

Wenn diese Sache sich endlich aufgeklärt hatte, würde ich ihnen ordentlich meine Meinung sagen.

Erneut versuchte ich Sally zu erreichen – wieder nur die Sprachbox.
Diesmal hinterließ ich keine Nachricht.

Tee!, dachte ich, ging in die Küche und setzte mir Wasser auf.
Zurück mit einem dampfenden, gezuckerten Cream Tea überlegte ich mir, wie es weitergehen sollte.

Es regnete wieder, als ich am nächsten Morgen das Haus verließ.

Sally war noch immer nicht da.
Sie hatte auch nicht angerufen.
Ich war die halbe Nacht wachgelegen.

Um mich abzulenken, hatte ich am Abend vergeblich versucht, am Roman zu arbeiten.
Ich war aufgewühlt, mit wachsender Sorge um Sally, und voll innerer Unruhe, im Cottage umhergegangen.
Ich konnte auch keine Musik mehr hören.
Oder lesen.

Ich versuchte, meine strapazierten Nerven mit einem Tee nach dem anderen zu beruhigen, bewirkte aber genau das Gegenteil.
Letztlich musste es wohl die Mischung aus angegriffenen Nerven, einer Flut von sorgenvollen Gedanken und zu viel Schwarztee gewesen sein, die mich am Schlafen gehindert hatten.

Gleich nach dem Frühstück (Schwarzer Tee, drei Spiegeleier, Marmeladen-Toast) brach ich auf.
Ich hatte in der Nacht den Entschluss gefasst, in die Stadt zu fahren, um mir irgendwo diesen Film anzusehen.

Die gesamte Halbinsel lag unter einer Glocke aus regennassem Trübsinn.
Das Meer schimmerte schiefergrau, wogte wild.

Der Himmel hing schief, in undurchdringlichem, schwerem Bleigrau.

Irgendwo hinter dem Waschküchengrau musste die Sonne stecken.
Weit draußen im Atlantik, so schien es, brach sie durch dicke Wolkenschichten und warf einen milchgoldenen Lichtklecks aufs Meer.
Nur zu erkennen, wenn man genau hinschaute.
Aber man musste schon sehr genau hinschauen.
Doch vielleicht täuschte ich mich auch ...

Ich ließ das Autoradio ausgeschaltet.
Die Strecke, runter von der Halbinsel, zog sich hin.
Die Scheibenwischer funktionierten nicht richtig, konnten die Regenmengen kaum bewältigen.
Es war ärgerlich.

Ich musste die Geschwindigkeit drosseln.
Ungeduldig bog ich rechts auf die National Road Richtung Hauptstadt ab.
Mein Telefon lag auf dem Beifahrersitz, zog immer wieder meinen Blick an.
Dann hörte es abrupt zu regnen auf. Keine Seltenheit hier.

Der riesige Tafelberg lag hinter Dunst verborgen.
Tiefe, schnelle Wolken streiften seine Hochfläche und schrammten an seinen rauen Kanten entlang.
Eindrucksvoll verzierte er die weitschweifige dunkelgrüne und braunfleckige Landschaft.
Seine Höcker und Mulden reichten bis weit in die Ebene hinein, zerfurchten sie.

Vielleicht würde ich irgendwann einmal hinauf-
klettern.
Vielleicht sogar mit Sally.

Der Verkehr bewegte sich zum Glück fließend.
Zwanzig Minuten später steckte ich in der Periphe-
rie der Hauptstadt an der ersten großen Kreuzung
fest.
Es goss wieder in Strömen. Ebenfalls keine Seltenheit.
Das Navigationssystem hatte mir ein Internet-Café
angezeigt.
Meine Ungeduld wuchs.
Ich war sehr gespannt, ob es tatsächlich ein Film
von Sally war, über den ihre Mutter gesprochen
hatte.

Ich parkte auf einem der Sammelparkplätze bei einem der großen Kaufhäuser.
Das Internet-Café befand sich mitten im Zentrum,
mit dem Auto nicht unmittelbar zu erreichen.
Die paar Hundert Meter musste ich zu Fuß gehen.
Mit Regenjacke kein großes Problem.
Ich ließ ein Parkticket aus dem Automaten, orien-
tierte mich an dem spitzen Kirchturm und stapfte
los.

Die Straßen waren belebt, trotz des Sauwetters.
Auch dies keine Seltenheit ...
Man war daran gewöhnt.
Leute, mit Schirmen oder in bunte Regenmäntel
und Jacken gehüllt, bevölkerten die Straßen, um ih-

re Besorgungen zu machen oder jemanden auf einen Tee oder Drink zu treffen.
Zugleich musste man acht geben, nicht von durch die Pfützen rasenden Autos nassgespritzt zu werden.

Ich hielt mich eng an den Hauswänden, kam an einem Musikgeschäft vorbei, überlegte einen Moment, ob ich nach diesem Album fragen sollte, das ich im Radio gehört hatte, verwarf den Gedanken jedoch gleich wieder als „im Moment nicht angebracht".
Vielleicht später einmal, sagte ich mir.
Möglicherweise kannte Sally ja die Band.

In der Nähe des Internet-Cafés fiel mir ein Mann auf, der schon seit einer Weile im selben Abstand hinter mir herging.
Verfolgte er mich etwa?
Unsinn, warum sollte mich jemand verfolgen.
Dann entdeckte ich das Hinweisschild des Internet-Cafés an der Straßenecke.

Alle PCs waren belegt, ich musste warten, setzte mich an einen kleinen runden Tisch, der für diese Zwecke direkt vor das große Schaufenster gestellt worden war, damit man sich durch Blicke nach draußen die Wartezeit vertreiben konnte.
Als ob das spannend wäre, dachte ich schmunzelnd.
Man musste wohl als Ladenbesitzer seiner Kundschaft etwas bieten.

Selbst wenn es nur ein kleiner runder, klebriger Tisch war, der durch ein verschmiertes Schaufenster die Sicht auf vorüber eilende Menschen ermöglichte.
Sollte mal wieder gelüftet werden, dieser Schuppen, dachte ich.

Ich beobachtete das Treiben auf den Gehwegen und entdeckte auf der andern Straßenseite den Typen wieder, der vorhin hinter mir gegangen war.
Er lehnte an einer Hauswand und zündete sich unter einem Vordach eine Zigarette an.
Als unsere Blicke sich trafen, machte er sich davon.
Ich erschrak über diese Reaktion.
Hatte er mich doch verfolgt?
Wurde ich etwa beschattet?

Mein Magen zog sich zusammen.
Schweiß brach mir aus den Poren.
Verdammt, was sollte das.
Ich beruhigte mich damit, dass alles vielleicht nur purer Zufall war.

Ein Platz an einem Computer wurde frei. Ich steckte meinen Kopfhörer in den Rechner und wählte mich sofort ins Internet ein, gab Sallys Web-Adresse an und wartete, bis die Seite geladen wurde.
Ich platzte fast vor Ungeduld.

Doch die Seite konnte nicht aufgebaut werden:
Fehlermeldung.
War noch nie passiert.

Was soll der Scheiß, schimpfte ich laut vor mich hin.

Der Kerl hinterm Tresen und ein paar der Gäste blickten verärgert herüber.
Das darf doch nicht wahr sein, schimpfte ich weiter.
Jemand machte „Pst".
Vielleicht fand man den Film ja auch auf YouTube, dachte ich.
Volltreffer!
Ich entdeckte die zehnminütige Reportage unter ihrem Namen.
Der Film hatte schon etliche Klicks.

Mir wurde heiß und kalt zugleich, als Sally, von einer Handkamera gefilmt, erklärte, dass die folgende Reportage von niemandem in Auftrag gegeben wurde, dass sie auf eigene Faust und eigene Kosten, sowie unter schwierigsten Bedingungen und hohem Risiko entstanden sei.

Das Setting:
Offenbar ein afrikanisches Dorf.
Lehmhütten mit Strohdächern im Hintergrund.
Im linken hinteren Bildrand sah man ebenfalls eine Handvoll Wellblechhütten.
Großblättrige Bäume ragten von oben herab ins Bild.
Sally stand in verschlissener Cargohose und kariertem Hemd im Schatten eines dieser Bäume und blickte direkt in die Kamera.

Der Kameramann hatte sie gut in Szene gesetzt.
Sie sah braungebrannt, aber ausgemergelt und müde aus.
Ihr Handgelenk war mit einer Mullbinde provisorisch verarztet worden.
Sie sprach schnell und unkonzentriert, führte nervös ins Thema ein.
Alles wirkte auf mich sehr improvisiert und spontan.
Ich kannte sie, sie musste in diesen Minuten, aus welchen Gründen auch immer, unter großem Druck gestanden haben.

Weiter erklärte sie, dass Vergewaltigung als Kriegsmittel in fast allen aktuellen und lange andauernden Kriegen angewendet würde.
Besonders aber im Ostkongo, von wo sie heute berichtete.
Sie musste völlig verrückt geworden sein.
Ich kochte innerlich vor Wut.
Ostkongo!
Ein Wahnsinn.

Wie war sie dort hineingekommen?
Mit wem?
Und offenbar auch wieder heraus, sonst hätte sie wohl kaum mit mir von Newcastle aus telefoniert.
Sie *muss* in Newcastle gewesen sein bei unserem letzten Telefonat, sagte ich mir.

Polizei, Milizen, das Militär, sämtliche Rebellengruppen wandten das Kriegsmittel der Vergewaltigung an, berichtete sie.

Die feindlichen Gruppen kämpften nicht mehr „gegeneinander", sondern vergewaltigten nur noch die Frauen und Mädchen der Zivilbevölkerung, um so die Moral und den Widerstand der Menschen zu zerstören.
Was ihnen damit auch gelang.

Sally erklärte, dass auf diese Weise die Seele jedes Mädchens und jeder Frau zerstört würde, und somit die Seele eines Volkes.

Die Kamera schwenkte auf eine Gruppe Frauen, die mit ein paar kleinen Mädchen auf der Erde vor einer Hütte saßen.
Die Frauen waren in lehmfarbene Gewänder gehüllt.
Die Mädchen in weiße.

Die Verfassung der Mädchen schockierte mich.
Einige weinten.
Zwei von ihnen, sie konnten nicht älter als sechs oder sieben Jahre alt gewesen sein, starrten mit leblosen Blicken in die Kamera.
Der Blick aus den Kinderaugen hatte nichts Kindliches mehr an sich.
Als ob alles Leben aus ihnen gewichen war.
Die Mütter der Mädchen wiegten ihre Körper zu einer Art Singsang, einem traurigen, elend anzusehenden Rhythmus aus Leid und Kummer.
Eine Mutter erzählte, dass sie und ihre drei Töchter von Rebellen vergewaltigt worden seien, die ganze Nacht.

Ihre jüngste Tochter hätte es nicht überlebt, sei verblutet.
Dann verstummte sie.

Eine andere Frau begann klagend zu weinen nach diesen Worten.

Die Kamera schwenkte zurück auf Sally.
Sie erklärte, dass im Kongo mittlerweile mehr als Zweihunderttausend Frauen und Mädchen vergewaltigt worden seien.
Himmelschreiend sei auch, dass UN-Soldaten unter den Vergewaltigern sein sollen.
Sallys Stimme bekam etwas Drohendes, ihre Körperhaltung wurde ebenso zur Drohgebärde.
Sie ballte die Faust.

Die sogenannte Weltöffentlichkeit schaue zu, erklärte sie weiter.
Der Ton ihrer Stimme wurde schneidend, anklagend.
Der Westen rühre sich nicht, die Politik versage gänzlich.
Nur westliche Geschäftemacher bereicherten sich im ganz großen Stil an den Rohstoffen des Landes.
Reich wurden nur die Machthaber der Kriegsführenden, sowie die Milizen, das Militär, und vielleicht noch einige der Rebellen.
Ich fragte mich, wie gut Sally recherchiert hatte.

Wann diese Schweinerei endlich ein Ende habe?, fragte Sally in die Kamera.
Warum der Westen nicht eingreife – die Politik?

Warum die UN derart versage und nichts ausrichten könne?
Aber vielleicht wolle die UN auch gar nicht eingreifen, meinte Sally.

Sie fragte, was mit UN-Soldaten geschehe, die im Kongo selbst vergewaltigten.
Kämen sie vor Gericht?
Warum die Welt so etwas zuließ?
Warum niemand etwas gegen diese scheußlichen Verbrechen unternehme, stattdessen nur zugesehen würde?

Zweihunderttausend Vergewaltigungen für die niemand zur Verantwortung gezogen würde, seien ein Armutszeugnis wie kein anderes in dieser Welt.

Sally trat einen Schritt auf die Kamera zu (Großbild) und sagte herausfordernd:
Ich zwinge euch zur Verantwortung! Ich zwinge euch, zu handeln!
Die Zeit des Wegschauens ist vorbei.

Verdammt, Sally, dachte ich, jetzt hast du dein Thema.
Sally erwähnte etwas von brisanten Entwicklungen, die in der nächsten Reportage beleuchtet würden.
Sie verabschiedete sich, die Kamera schwenkte weg und zeigte noch einmal die vor ihren Hütten kauernden Frauen mit ihren Töchtern – dann harter Schnitt.

Ich starrte minutenlang auf den Bildschirm und dachte daran, als Sally noch vor wenigen Monaten vor mir gestanden hatte und meinte, eine sehr bekannte Kriegsreporterin habe einmal gesagt, wir müssten das Wesentliche erzählen. Wenn wir das nicht schafften, würden wir überhaupt niemandem helfen.

Jetzt war Sally wohl auf dem Weg dorthin.

Ich erhob mich, bezahlte und verließ das Internet-Café.

Es hatte schon wieder zu regnen aufgehört.

Ich dachte an Sally.

War sie tatsächlich verschwunden?

Wenn ja, warum sollte ihr Verschwinden etwas mit diesem Film zu tun haben?

Sie erwähnte nichts, was der Welt nicht schon bekannt war.

Oder man nicht in Erfahrung bringen konnte – wenn man wollte.

Das waren doch keine großen Neuigkeiten mehr.

Oder täuschte ich mich?

Weshalb sollte sie verschwinden?

Wegen der brisanten Entwicklung, die sie angekündigt hatte?

Vielleicht bluffte sie nur?

Auf dem Weg zurück zu meinem Wagen kam mir ein neuer Gedanke.

Vielleicht besaß sie tatsächlich riskantes Material darüber und hatte untertauchen müssen.

Aber wann?
Etwa nach unserem Telefonat?
Sie würde sich demnach tatsächlich versteckt halten müssen und auch ihr Telefon nicht benutzen dürfen.

Scheiße, Sally, in was bist du da nur hineingeraten, sagte ich laut vor mich hin.

Jeder Anruf konnte zurückverfolgt, ihr Aufenthaltsort bestimmt werden.
Vielleicht hockte sie wirklich irgendwo und versteckte sich, war untergetaucht.
Aber wo?

An meinem Wagen angelangt bemerkte ich, dass die Fahrertüre unverriegelt war. Vermutlich hatte ich vergessen, ihn abzuschließen.
Etwas, das mir allerdings noch nie passiert war.

Mir fiel auf, dass ich auf dem Rückweg zum Wagen nicht mehr nach dem Typen Ausschau gehalten hatte, meinem möglichen Verfolger.
Ich hatte ihn vergessen.
Du bist paranoid, sagte ich zu mir, startete den Wagen und kämpfte mich durch den zähfließenden Verkehr hinaus aus der Stadt, zurück zur Halbinsel.

Sallys Reportage geisterte mir im Kopf herum.
Die Bilder der Frauen, vor allem aber die der kleinen Mädchen, verfolgten mich.

Zugegeben, ich hatte keine Vorstellung davon, dass Vergewaltigung in solchem Ausmaß weltweit als Kriegsmittel eingesetzt wurde.
Wie perfide.
Wie schrecklich.

Und wenn es stimmte, dass sogar UN-Soldaten darin verwickelt waren ...
Dann würde es tatsächlich höchste Zeit, dass sich die Weltöffentlichkeit dafür interessierte.
W E L T Ö F F E N T L I C H K E I T.
Ich sprach es langsam und gedehnt aus:

Was war das eigentlich?

Mittlerweile ein träges, schlafendes, kaum noch hinter dem Ofen hervorzuholendes Tier, das mit den vorgekauten Häppchen, die man ihm hinschmiss, zufrieden war.
Das nicht mehr hungerte, nachfragte, Unzufriedenheit lediglich in sozialen Netzwerken als Hetze und Shitstorms verbreitete, anstatt auf die Straße zu gehen, ehrlich zu demonstrieren und gegen die Ungerechtigkeit zu schreien.

Es wurde nicht mehr offen diskutiert, vor lauter Frust ein paar Steine geworfen oder Autos demoliert. Es wurden leider auch keine ewig leerstehenden Häuser mehr besetzt.
Und man ließ sich auch nicht mehr an Zuggleise ketten, um gegen Atomtransporte zu demonstrieren.

Die Weltöffentlichkeit war ein müdes, selbstzufriedenes, fett gefressenes, zahnloses zahmes Monster geworden, dessen Einzelteile sich nur noch für sich selbst interessierten. Nur noch eigene Wunden wurden geleckt.
Es wurde nicht mehr über den eigenen Tellerrand hinausgesehen.

So etwas wie „Weltöffentlichkeit" gab es eigentlich gar nicht mehr.
So in etwa waren das Sallys Worte, als wir vor einigen Wochen über dieses Thema diskutiert hatten.

Mich interessierte die Weltöffentlichkeit überhaupt nicht.
So wenig wie mich die Welt interessierte.
Ich übersetzte meine Bücher, schrieb an einem Roman, von dem ich noch nicht wusste, ob er fertig werden, ob ich dafür überhaupt einen Verlag finden würde.
Wobei ich durch meine Arbeit als Übersetzer schon einige vielversprechende Kontakte zu Verlagen vorzuweisen hatte.
Aus Gesprächen mit Verlagsleitern und Lektoren wusste ich, an wen ich mich mit diesem Buch wenden konnte.

Die Weltöffentlichkeit, Sally, was sollte das sein?
Ein Konstrukt?
Etwas, das es nicht gab.
Im Grunde doch noch nie gegeben hatte ...

Was war die „Weltöffentlichkeit" beispielsweise in den 1970er Jahren?
Sally wurde nicht müde, stets auf diese Dekade in der jüngsten Geschichte hinzuweisen.

Die weltweite Studentenbewegung, die gegen den Vietnamkrieg demonstriert hatte, war das etwa die „Weltöffentlichkeit"?
Ich glaube nicht.

Von vielen wurde die Studentenbewegung angefeindet, gehasst für ihre Proteste und ihr Aufbegehren.
Ich erinnere mich, wie sehr die Generation meiner Eltern diese Protestbewegung gehasst hatte.
Und wie die Schmierblätter weltweit gegen diese „Bewegung" gehetzt hatten.
Nicht einmal unter Mit-Studenten hatte die Studentenbewegung völlige Zustimmung genossen, nirgendwo auf der Welt.
Ebenso wenig wie auch die Friedensbewegung gegen das Wettrüsten im „Kalten Krieg" in den 1980er Jahren von einer Weltöffentlichkeit ausgegangen war.
Oder die Demos gegen das sogenannte Waldsterben.
Die Weltöffentlichkeit hat es nie gegeben.
Bewegungen, meist von Studenten und jungen Menschen ausgehend, waren noch lange keine Weltöffentlichkeit.

Mit ihrem Kurzfilm wollte Sally etwas erreichen, was ich für sinnlos hielt, die Welt aufrütteln und

für etwas sensibilisieren, was zwar dringend notwendig schien, aber sicherlich vergeblich sein würde.

Du gottverdammter Pessimist!, hatte sie mich einmal angebrüllt, dein Pessimismus ist doch nichts
anderes als Trägheit.
Trägheit und Egozentrik – sonst nichts!

Krieg war schrecklich, Krieg war unmenschlich
menschlich, dachte ich.
Und sogar die heutigen Möglichkeiten, sich über
Kriege und die Kriegsherde der Welt informieren
zu können, halfen nicht, die Dinge zum Besseren zu
ändern.
Und mag sein auch keine Kriegsfotos ...

Wer weiß, vielleicht verschlimmerte sich alles
durch die Abstumpfung im Hinblick auf die unauf-
hörliche Flut an Nachrichten, Schreckensmeldun-
gen und Bildern.

Und dennoch: Wenn viele abstumpften, interesse-
los würden und sich abwendeten, Weltflucht be-
trieben (einmal abgesehen von ihren Urlauben
rund um den Globus) vermehrten sich die schreck-
lichen Missstände in der Welt, soviel war mir klar.
Gegen diese Missstände musste gehandelt werden.
Was Sally tat.

Regierungen greifen nur dann ein und versuchen
Kriege zu verhindern, wenn sie aus ihnen keinen
Nutzen mehr ziehen können. Oder wenn ihnen

durch einen Krieg Geschäfts- und Handelspartner verloren gehen. Oder ihnen der Zugang zu wertvollen Rohstoffen und Öl abhanden zu kommen droht, behauptete Sally.
Ich hatte ihr nicht widersprochen.

Sally war eine Überzeugungstäterin, dafür liebte und bewunderte ich sie.
Sie kämpfte für ihre Überzeugungen, stand für sie ein, wenn es sein musste sogar alleine. Ich hatte sogar den Eindruck, dass sie es am liebsten alleine tat.
Dass es sie noch beflügelte, wenn sie alleine gegen alle stand.
An dieser Stelle konnte ich wirklich von ihr lernen.

Sie vertrat auch die Ansicht, wenn ihre Fotos nur *einem* Menschen auf dieser Welt das Leben retteten, sich alle Mühe, Strapazen und Gefahren gelohnt hätten.
Und wenn du dabei sterben solltest?, hatte ich ihr entgegnet.
Sie erwiderte nichts.

Auf der Höhe des Tafelberges bemerkte ich einen dunklen SEAT hinter mir.
Nein, nicht unmittelbar hinter mir.
Der Fahrer hatte zwei Autos zwischen uns Abstand gelassen.
Wenn ich mich richtig erinnerte, war mir dieser Wagen wegen seines Kennzeichens schon in der Hauptstadt aufgefallen.

Er war auch dort schon im selben Abstand hinter mir gefahren.

Autos mit Kennzeichen anderer Countys waren keine Seltenheit auf einer Insel von dieser geringen Größe, aber dieser Wagen hatte ein ausländisches Kennzeichen.

Ein Deutsches.

Der Wagen bog, wie ich, auf die Halbinsel ab.

Auf der schmalen, von Rhododendron-Hecken gesäumten Straße, versuchte ich ihn abzuhängen, beschleunigte, trat aufs Gas und hoffte, dass kein Fußgänger oder Radfahrer plötzlich in einer der unübersichtlichen Kurven auftauchte.

Ich ging ein enormes Risiko ein.

Ich nahm eine der linken Abzweigungen von der Hauptsraße und fuhr eine holprige Stichstraße hinab, hinein in ein schmales Tal, entdeckte ein verlassenes, völlig verrottetes Bauernhaus direkt an der Straße, bremste ab, fuhr um das Haus herum und parkte an dessen Stirnseite, so, dass man mich von der Hauptstraße aus nicht mehr sehen konnte.

Ich schaltete den Motor aus, ließ die Scheibe herunter, atmete tief durch und versuchte, mich zu beruhigen.

Meine Schläfen pochten.

Mein Herz schlug mir vor Aufregung gegen den Brustkorb.

Dann hörte ich oben auf der Hauptstraße ein Auto mit hoher Geschwindigkeit vorbeifahren.

Das musste er gewesen sein.

Er hatte mich wohl verloren.
Ich grinste.

In diesem Moment klingelte mein Telefon: Sallys
Mutter.
Ich überlegte, ob ich rangehen sollte.
Was konnte sie mir schon erzählen, was ich nicht
schon längst wusste, sagte ich mir.
Oder hatte sie etwa Neuigkeiten von Sally?
Ich nahm ab, begrüßte sie und fuhr erschrocken
zusammen.
Mit Sallys Vater am anderen Ende der Verbindung
hatte ich nicht gerechnet.
Er verzichtete auf heuchlerische Begrüßungsfor-
meln und kam gleich zur Sache.
Was hast du mit meiner Tochter gemacht?, bellte
er.
Ich schluckte, atmete tief durch und fragte, wie er
das meine.

Er wisse, dass sie vor drei Tagen noch in Newcastle
gewesen sei.
Und?
Sie stehe auf der Passagier-Liste ihres gebuchten
Fluges, habe den Flug also genommen.
Er habe sogar die Autovermietungen am Flughafen
angerufen und in Erfahrung gebracht, dass Sally
sich einen Mietwagen genommen habe. Sie sei also
auf der Insel. Irgendwo in meiner Nähe. Und ich
gebe vor, nichts von ihr gehört und sie nicht getroffen zu haben. Das glaube er nicht.

Ich entgegnete, dass ich nichts dafür könne, wenn er mir nicht glaube, und fragte, welchen Grund ich hätte, zu lügen.

Das wisse er nicht – jedenfalls, nicht genau.
Wie das nun wieder gemeint sei.
Er sagte, er traue mir alles zu.
Wovon er gerade rede?
Ich solle mich nicht dümmer stellen, als ich tatsächlich bin.

Ich versicherte ihm, dass er völlig falsch liege, wenn er meine, ich hätte etwas mit dem Verschwinden Sallys zu tun.
Er habe mich schon immer für einen undurchsichtigen Kerl gehalten.
Ich warf ein, dass er mich doch gar nicht kenne.
Er sagte, dass dies auch gar nicht notwendig sei, er halte nichts von mir.

Ich fragte, ob *er* mir die Polizei auf den Hals gehetzt habe.
Natürlich, sagte er. Gleich, nachdem ihn Beth angerufen und von ihrem seltsamen Telefonat mit mir erzählt hatte. Auch Beth traue mir nicht über den Weg. Jetzt warte er nur noch, bis die Polizei mir das Handwerk lege.
Ihr könnt mich alle mal!, brüllte ich und legte auf.

Eine Stunde saß ich so da, regungslos.
Atmete nur und kochte vor Wut, bis die Angst mir den Rücken heraufkroch.

Gedankenfäden spannen sich wie von selbst durch mein Gehirn:
Möglichkeiten, Wege, Auswege, Ausflüchte, labyrinthische Zusammenhänge zwischen Aussagen, Erlebtem, Verheimlichtem, zwischen Wahrheit und Lüge, Sinn und Sinnlosigkeit.

Gedankenfäden, zwischen Dingen und Menschen, Taten und Untaten, die in Beziehung zueinander standen oder niemals miteinander zu tun haben würden, selbst wenn sie zu einem großen unbekanntem Geflecht aller Lebensfäden gehören sollten.
Kurz um, ich verlor mich in Grübeleien und war hinterher um keinen Deut schlauer als zuvor.

Ich hoffte, dass der Verfolger (sollte es überhaupt einer gewesen war) die Freude am Verfolgen verloren und die Halbinsel wieder verlassen hatte.
Also startete ich meinen Wagen und fuhr los.

Als ich neben dem Bauernhaus gestanden und gewartet hatte, hatte es wieder zu regnen begonnen:
„Drizzle".
Sanfter Sprühregen.
In so feinen Tröpfchen, dass man ihren Aufprall auf der Windschutzscheibe nicht einmal hören konnte.

Draußen, über dem Meer, versuchte die tiefstehende Sonne, milchig und trübe, durch die Wolken zu brechen.
Jedoch ohne Erfolg.

Ich sagte mir, dass ich kaum noch wusste, wie ein sonnendurchfluteter blauer Himmel aussah, und lächelte kurz über diese Übertreibung.

Unten, auf dem Parkplatz bei den Dünen, entdeckte ich den dunkelblauen SEAT.
Er parkte zwischen zwei anderen Fahrzeugen.
Was solls, dachte ich, und fuhr den Weg hinauf zum Cottage.

Wenn dies hier eine Observation war, dann sollte sich der Kerl von mir aus heute Nacht in seinem Wagen den Hintern abfrieren.
Vielleicht würde ich mir auch einen Spaß erlauben und ihm eine Tasse Tee vorbeibringen.
Ich ging ins Haus, setzte Teewasser auf und hielt mich von den Fenstern fern.

Nachdem ich Feuer gemacht hatte, setzte ich mich aufs Sofa und wollte mir in aller Ruhe überlegen, wie ich unbemerkt von der Halbinsel kommen könnte, als mein Telefon klingelte.
SALLY?

Aber es war nur ihre Mutter. Oder doch wieder ihr Vater ...
Vielleicht gab es tatsächlich Neuigkeiten von ihr.
Ich hoffte darauf und nahm den Anruf entgegen.
Zudem konnte ich bei der Gelegenheit fragen, ob sie auch einen Privatdetektiv auf mich angesetzt hatten.
Sallys Mutter war am Telefon.

Ohne Begrüßungsworte erkundigte sie sich, ob ich etwas von ihrer Tochter gehört hätte.

Dann erklärte sie mir mit sorgenvoller, bedrückter Stimme, dass die Polizei von Cork mit mir Verbindung aufnehmen werde. Dass ich jedoch am besten auf das dortige Kommissariat gehen solle.

Die genaue Adresse könne sie mir per SMS mitteilen.

Ich erzählte ihr vom Besuch des Polizisten.

Sie habe am gestrigen Abend eine Vermissten-Anzeige aufgegeben, warum also die Polizei schon gestern Nachmittag bei mir gewesen sei, könne sie sich nicht erklären.

Mit ihr habe es jedenfalls nichts zu tun.

Und sie habe auch erst recht keinen Privatdetektiv auf mich angesetzt.

Ob ich noch bei Sinnen wäre.

Warum sie einen Privatdetektiv auf mich ansetzen solle.

Was ich mir denn zusammenspinne.

Ob es mir gut gehe.

(So wie es aussah, wusste sie also nichts von den Aktivitäten ihres Mannes.)

Sallys Film im Internet erwähnte ich nicht.

Ich wollte sie nicht zusätzlich beunruhigen.

Zum Schluss einigten wir uns, einander auf dem Laufenden zu halten.

Ich legte nachdenklich auf, kein bisschen beruhigter.

Im Gegenteil.

Meine Sorge um Sally wuchs und wuchs.

Dass ich bei der Polizei von Cork vorsprechen sollte, erschien mir überflüssig.

Zudem empfand ich es als Eingriff in mein Privatleben, der ihnen nicht zustand.

Ich wollte das Telefonat abwarten.

Wenn die Polizei etwas von mir wollte, sollte sie sich gefälligst bei mir melden.

Erneut versuchte ich Sally zu erreichen.

Aber wieder nur die Sprachbox.

In großer Sorge machte ich mich daran, meinen Koffer zu packen.

Am nächsten Morgen wollte ich nach Cork zurückfahren.

Nach Hause.

Ich glaubte nicht mehr daran, dass sie noch auftauchen würde.

Irgendetwas musste wohl doch mit ihr passiert sein.

Einem spontanen Impuls folgend, stürmte ich aus dem Haus, rannte hinunter auf den Parkplatz bei den Dünen, in der Erwartung, den parkenden Wagen vorzufinden, der mich verfolgt hatte, wie ich glaubte.

Doch der Parkplatz war leer.

Hatte ich mich etwa getäuscht, die Verfolgung betreffend?

Als ich zum Cottage zurückging, öffnete sich offenbar eine Himmelsschleuse.

Von einem Moment zum nächsten goss es wie aus Kübeln: „Heavy Rain".

Ich rannte los, erklomm den Hügelweg in großen Schritten und kam dennoch völlig durchnässt am Cottage an, riss mir fluchend die nassen Kleider vom Leib, lief nackt durchs Haus, den Flur entlang, nach hinten ins Bad, duschte heiß, solange bis das Wasser an Temperatur verlor und allmählich kalt wurde.
Bevor ich wieder zu frieren begann, verließ ich die Dusche, rubbelte mich mit einem großen Handtuch trocken, stieg in meinen Trainingsanzug und setzte Teewasser auf.

Ich ließ mir Zeit beim Packen des Koffers, schlich immer wieder um mein Telefon herum, und aß zwischendurch Schokokekse zum Tee.
Am Horizont verschwamm die Linie zwischen Himmel und Meer.
Das Meer warf sich graugrün aufgebauscht gegen die Küste.
Der Wind trug das Brandungsgeräusch heran.
Am Strand schien der breite Sandstreifen immer schmaler zu werden.
Das Meer hatte sich viele Meter Strand erobert.

Ich legte Torf nach, Sode um Sode, Schicht um Schicht.
Es sollte das letzte Torffeuer sein.
Am nächsten Morgen wollte ich früh starten.
Es sollte züngeln, Hitze verbreiten, Flammen sollten ausschlagen.

Es sollte lodern, lodern wie meine Liebe zu Sally.

Hier hatte ich sitzen wollen mit ihr, auf diesem Sofa, und hinunter schauen in die weite Bucht, aufs Meer.
Und Möwen beobachten.
Vielleicht hätten wir uns auf diesem Sofa geliebt.
Im Schein des Torffeuers.

Ich konnte mich nicht an ihr satt sehen.
Sally war schlank – fast dünn – sehnig, muskulös und zäh.
Ihr Körper, vor allem aber ihre Bewegungen, hatten etwas Gazellenhaftes.

Ich trank einen Tee nach dem anderen, aß zu viele Kekse, unterdrückte Tränen, die vor Sorge um Sally aufsteigen wollten.
Aber es war auch die Sorge um mich selbst.
Was sollte ich tun, wenn ihr tatsächlich etwas zugestoßen war.
Wie sollte ich leben?

Meine Liebe hatte sich an sie gebunden.
Ich wollte ihr nahe sein.
Schon seit langer Zeit.
Aber sie hatte diese Nähe nicht zugelassen.
Hatte sich dagegen gewehrt.
Wegen ihres Berufes, vielleicht?
Oder war sie unfähig, eine enge Beziehung zu führen?
Hatte sie etwa gekniffen? War sie deshalb nicht gekommen?

Sally schien wie ein einzelner Stern an meinem sternlosen Nachthimmel.

Obwohl sie den Geruch, den Geschmack, das Gesicht und die Worte einer elenden, furchteinflößenden Welt mit sich brachte, erhellte sie doch jeden einzelnen der Tage, die ich mit ihr verbringen durfte.
Wenn sie jetzt wieder aus meinem Leben trat, dann zu einem Zeitpunk, den ich für so unpassend hielt, dass mir nun doch die Tränen aus den Augen rannen.

Verdammt beschissenes Timing, sagte ich laut vor mich hin, verdammt beschissen.

Ich schlief auf dem Sofa ein.
Als ich frierend erwachte, von schlechten Träumen geplagt, irgendwann in den frühen Morgenstunden, erschrak ich über die klamme Kälte im ganzen Haus.
Natürlich war das Torffeuer wieder ausgegangen.

Als ich meinen Koffer aus dem Haus trug, schoben sich Wolkenmassen zur Seite und die Sonne brach durch.

Du kannst mich mal, dachte ich, ins Sonnenlicht blickend, wütend über diese Wetterveränderung, die sich offenbar gerade rechtzeitig zu meiner Abreise ankündigte.
Es war fast windstill.

Mit dem Sonnenlicht begannen die Wiesen auf geheimnisvolle Weise zu leuchten.
Die Dünengräser schimmerten golden.
Das Meer veränderte seine Farbe, wurde dunkler – aber tiefblau.

Von einem solchen Blau, dass ich zutiefst bedauerte, abzureisen.
Ich lud den Koffer in den Wagen, ging zurück zum Haus, verschloss die Türe und legte den Schlüssel zurück, unter denselben Stein.

Ich wäre nicht abgereist, wenn die Polizei von Cork nicht am Morgen angerufen und mich ins Kommissariat bestellt hätte.
Jetzt erst recht nicht.

Ich lenkte den Wagen vorsichtig den steinigen Pfad hinunter, ohne die wunderbar gleißenden Lichtspiele des Meeres aus den Augen zu lassen.
Doch dann bog ich ab, fuhr auf den Parkplatz, parkte den Wagen, suchte aus dem Koffer im Koffer-

raum ein Handtuch heraus und ging quer durch die Dünen barfuß zum Strand hinunter.

Ich liebte es, barfuß über Sand zu gehen, einem Meersaum entgegen.
Sehr weit vorne, nahe am Wasser, zog ich mich aus und legte meine Kleidung zusammengefaltet auf meine Schuhe, das Handtuch obenauf.
Ich schaute mich um, ob Strandspaziergänger unterwegs waren, aber ich war zum Glück alleine, also zog ich meine Unterhose ebenfalls aus.

Vom Meer her erfasste mich eine Windböe.
Meine Haut erschrak, zog sich zusammen, fror schlagartig.
Jetzt nicht lange fackeln, sagte ich mir und rannte los.

Ein herrliches Gefühl von Freiheit überkam mich, als ich spürte wie mein Penis wild und unkontrolliert hin und her geschleudert wurde, und wie der kühle salzige Wind durch mein Schamhaar fuhr.

Das Wasser spritzte kalt an mir hinauf, als ich mit schwerer werdenden Schritten durch die Wellen pflügte.
Bilder von Sally schossen in meine Gedanken. Erinnerungen an gemeinsam Erlebtes, an unsere Liebe, unseren Sex.

Kurz bevor ich absprang, um langgestreckt wie ein Delfin in die Wellen einzutauchen, fühlte ich Sallys

Hand in meiner und hörte ihre Stimme in meinem rechten Ohr, als ob sie mir etwas zuflüsterte.
Im Moment des Eintauchens antwortete ich in Gedanken: Ich liebe dich auch, Sally.

Unruhig fuhr ich die gesamte Strecke zurück nach Cork, hielt nur ein einziges Mal in der Nähe von Ennis für Fish'n'Chips, und ein Mal, um zu tanken.

Gegen Abend kam ich müde und abgekämpft zuhause an, parkte den Wagen vor dem Haus und sah schon von weitem das braune, gepolsterte Couvert aus dem Briefkasten ragen.

Ich entzifferte zu meinem Erstaunen eine kongolesische Briefmarke, jedoch ungestempelt.
Sally, dachte ich erschrocken.
Ich öffnete das Couvert noch gleich beim Briefkasten.
Es war nur ein USB-Stick darin und eine handgeschriebene Notiz von Sally.

Gerührt von ihrer Handschrift las ich:

Liebling, ich habe wenig Zeit, kann nicht lange erklären. Wenn mir etwas zustößt, gib die Namen auf dem Stick an jemanden weiter, der sich darum kümmern kann. Pass auf Dich auf. Küsse Dich.

Ich schluckte, bekam es nun vollends mit der Angst zu tun. Sie kroch in mir herauf und lähmte mich für kurze Zeit.

Die Wohnung roch nach abgestandener Luft, nach Staub und getragener Wäsche.
Sofort ging ich zum Schreibtisch.
Ich fuhr den PC hoch, steckte mit vor Aufregung zitternden, schweißnassen Händen den Stick in die Buchse und blickte gespannt auf den Bildschirm.

Im selben Moment klingelte mein Telefon.

Sallys Foto erschien auf dem Display.
Sally!, rief ich und nahm erleichtert, aufatmend, und mit rasendem Herzen den Anruf entgegen.

Liebe Leserinnen und Leser,

wie Sie sicherlich bemerkt haben, kommt dieses Buch ohne Seitenzahlen aus. Dies ist weder ein Versehen noch ein Gestaltungsfehler.
Wie das Tragen von Uhren am Handgelenk hindern Seitenzahlen in einem Buch den Fluss der Geschichte – takten ihn unangenehm, ja sogar manchmal störend.

Wir hoffen,
Sie konnten sich darauf einlassen ...

*Solange wir Worte finden,
haben wir einen Weg.*

Weitere Titel von Klaus Zeh

Prosa

Taxi *(Roman)*
Mozart oder der Fall des Harlekins *(Roman)*
Lisboa *(Roman)*
Trinity – Irische Begegnungen *(Kurzgeschichten)*
Hey Tonight *(Erzählung)*
Broker *(Roman)*

Lyrik

Die Leichtigkeit des Windes *(Ostsee-Gedichte)*
An Ufern aus Jade *(Bodensee-Gedichte)*
Pontoon – oder wann immer ich hier sein werde
(Irland-Gedichte)
Lichtinseln *(Gedichte)*